오솔길 따라 피어나는

오솔길 따라 피어나는

김신애 에세이

정글판

만남 그리고 사랑과 이별

내 생애는 아름답고도 슬픈 예술입니다.

그것은 내가 살아온 삶 속에 아름다운 만남과 따스한 사랑과 눈물만으로는 도저히 보낼 수 없는 사랑했던 사람들과의 이별이 영화처럼 절절하게 흐르고 있기 때문입니다.

꽃과 무지개랑 놀던 어린 시절, 생명 질긴 노란 민들레 꽃송이를 들고 소슬바람이 불어오는 여울목에서 동무를 기다리던 그때, 나는 내 안에 살고있는 풀잎사랑과 꿈틀대는 꿈의 실체를 알았습니다.

세월은 흐르는 물처럼 쉼 없이 흘러 지금 나는 생의 가을녘에 와 있습니다. 나는 무엇을 하며 여기까지 왔는지 잘 모르겠습니다만 지금은 잃어버린 것들을 찾아 들판의 한 그루 느티나무처럼 하늘을 우러르며 깊은 사색에 빠져있습니다.

곱게 사랑을 나누던 시간과 쓸쓸하고 애잔한 이별과 애타는 그리움이 내 삶의 흔적이 되어 가슴에 시퍼런 자국으로 깊게 남아 있습니다. 요즘 이별을 자주 겪으며 아픔으로 들끓는 내 마음속에 뭉크의 절규 같은 아픔의 아우성을 듣습니다.

나는 너를 다시 만나고 싶다고……

어린 날에 불렀던 등대지기 가사가 남아있는 나의 내일을 비추고 있습니다.

"생각하라. 저 등대를 지키는 사람의 거룩하고 아름다운 사랑의 마음을"

내가 만난 인연들은 나의 나날을 비춰주는 등대지기입니다.

인생같이 씁쓸한 에스프레소 한 잔을 음미하듯 마시며 지나온 내 삶과 나를 돌아봅니다.

세상에서 가장 긴 것도 시간이고 가장 짧은 것도 시간이지만, 시간은 결국 세월을 만듭니다.

사랑과 정으로 만났던 인연들을 내 힘으로 어쩌지 못하는 숙명적 이별로 잃어버려 너무 많이 슬픕니다. 다시 볼 수도 만질 수도 없지만 기쁨과 슬픔을 함께하던 그들이 추억 속에서 나와 동행하기에 이제는 그만 슬퍼하려고 합니다.

어제는 다 지나갔기에 다시 또 사랑하는 사람들을 만나 해바라기하며 마음 밭에 꽃씨를 뿌리렵니다.

말하고 싶어도 언제나 꾹 다문 내 입술, 가슴에는 아직도 말하고 싶은 비밀스러운 이야기들이 숨어 있기에 문학의 힘을 빌려 조심스레 나의 그림을 그려보았습니다.

아- 이제 속이 좀 시원합니다.

임인년, 초여름. 세 번째 수필집을 상재하며 하느님과 사랑하는 나의 가족과 벗들에게 무한한 감사를 드립니다.

2022. 임인년 초여름 김신애

2부 오솔길 단상

8

5부 산이 산을 품고

1부
인생의 향기

내가 빛을 지향하는지 어둠을 지향하는지에 따라
삶은 밝기도 하고 어둡기도 하다.
설사 신이 희망을 주지 않는다고 해도
자기 스스로 희망을 버려서는 아니 된다.
해서 절망이란 신이 절대로 용서하지 않는 큰 죄라고 한다.

❝ 배려하는 마음도 있어야 하고, 도움이 필요하면 도움을 청할 줄도 알면 **❞**
삶이 아무리 어렵고 힘이 든다 해도 이겨 낼 수 있을 것이다.

동행

한낮의 햇살은 따사롭고 밤의 공기는 제법 쌀쌀합니다.

벚꽃이 지고 라일락 향기는 초여름으로 이동移動하고 있지요.

내 삶은 벌써 가을 문턱을 넘어섰는데, 뜨락에는 아직 더 피워 내야 할 꽃들이 여기저기 설익은 몸짓으로 서성이고 있답니다.

내 뜰에는 나와 함께 걸어온 동행이 있습니다.

내가 사랑했던 소중한 것들, 많은 사람과 많은 사연이 정이라는 이름으로 말입니다.

연둣빛 신록 사이로 하얀 꽃술을 포실하게 매달고 피어난 조팝나무, 사과꽃, 배꽃이 바람에 출렁입니다. 곱던 꽃들이 지고, 마지막 정열을 뿜내던 붉은 가을, 언제나 두 손을 잡고 지칠 줄 모르고 퍼주기만 하던 이웃들이 변함없이 나와 함께 걷고 있습니다.

한겨울 호롱불 가에 모여 길쌈을 매는 어른들 곁에서 도란도란 들려주던 옛날이야기의 즐거움, 지루한 줄 모르고 지내던 밤

뜰에는 많은 꿈들이 피고 지고 했습니다. 아직도 왕감나무에 까치밥이 남아 있을 고향은 향기로운 풀냄새를 함께하던 어린 날부터 지금까지 나의 동행자입니다.

어머니, 아버지, 다툼과 사랑을 나누던 형제들, 사촌들, 소꿉놀이 친구들, 고향을 떠나버린 동무들이, 아직도 가슴에서 떠나지 않고 동행자로 기억 속에서 살고 있습니다.

인생이란 삶의 텃밭을 일구고 씨앗을 파종하며 사는 것, 그 길에 마음이 딱 맞아 나와 함께 할 동행을 만난다는 것이 그리 쉽지 않습니다. 타향에서는 동행자를 만날 때 조건과 형편이 먼저 따라오기 때문이지요. 지금도 거미줄처럼 복잡하고 끈적거리는 인연에서 떨어져 나올 힘도 거부할 용기도 없기에 주위만 살피며 살고 있습니다.

울안에 갇힌 삶에서 사회, 문화, 예술, 취미 같은 것들에게도 밀린듯하여 나는 가끔씩 쓸쓸해집니다.

힘들 때 기대고, 어려울 때 어깨가 되어 주고, 서로 위로가 되어 주는 깐부 같은 참 동행자를 구한다고 광고라도 내볼까요?

어떤 시련과 고통이 와도, 슬픔이 와도, 동행이 있다면 생에 두려움이 없을 것입니다. 길이 멀고 높은 언덕이 많아도 신이든 사람이든 예술이든 취미이든 그 누가 동행을 해준다면 가벼운 마음으로 시지프스 언덕을 걸어갈 수 있을 것입니다.

아무리 아름다운 길을 간다 해도 동행이 없으면 무슨 낙이 있을까요?

지금 나는 찌던 여름날을 힘들게 보내고, 차가운 가을바람이 불어오는 길목에 서 있습니다. 함께 살던 아들들이 하나둘 자리를 잡아 분가하여 내 곁을 떠나고, 사랑하고 의지하던 남편이 환자가 되어 있으니, 내 삶의 꽃잎이 시들어 마른 삭정이가 되는 것 같습니다.

가끔은 위로를 받으며, 나보다 더 나를 아껴주는 마음 고운 사람과 동행하고 싶고, 나 또한 그 누군가의 동행자가 되어 힘든 날에 불현듯 찾아가 보듬어 주는 다정한 사람이 되고 싶습니다.

인생이란 어차피 홀로 걸어가는 길입니다. 그러나 평생을 혼과 혼, 마음과 마음, 인격과 인격으로 서로 포용하고 배려하는 만남으로 힘을 얻을 수 있는 동행이 있다면 다시없는 축복이겠지요.

아직은 가야 할 길이 남아 있기에, 오늘이라는 시간이 멀리 달아나려 하더라도 누군가와 동행자로 살았으면 좋겠습니다.

산다는 것은 변하기 위해서 노력하는 과정.

동행은 함께 가는 것.

설사 사는 게 힘들어도 삶의 긴장을 풀어주고, 말없이 눈빛만 바라보아도 미소를 지을 수 있는 참 벗과 동행하고 싶습니다.

외로움과 두려움이 있더라도 위로를 받으며 함께 손잡고 파란 하늘의 눈 부신 햇살을 보고 싶다는 고백을 허공에 대고 소리쳐 봅니다.

내 남은 뜰에 피우고 싶은 인생의 꽃을 위하여!

우주 쇼

고슴도치가 되어 병실에 누워있었다.

온몸에 침을 맞으며 고생을 시작한 것이 벌써 6개월째다. 어느 날 갑자기 전신의 마디가 제자리에서 이탈을 시작하면서 통증이 시작되었다.

이제 이 고통과 평생을 같이해야 한다는 공포가 나를 우울하게 했다.

치료를 마치고 돌아오는데 아파트 마당에서 위층 사는 교수님이 눈을 가리고 하늘을 향해 무엇인가를 열심히 바라보고 있었다. 주춤거리는 내게 선글라스와 세 겹으로 겹친 필름을 내밀었다. 달이 태양을 가리는 우주 쇼인 일식을 구경하라고 했다. 고마움을 전하고 하늘을 향해 고개를 들어 태양을 바라보니 해가 달에 반쯤 가려진 상태로 구름 사이에 동동 떠 있었다.

이제까지 보지 못한 색채로 밝음과 어둠을 안은 해와 달이 눈물이 나도록 신비했다. 보름달 같은 둥근 해가 세상을 그토록 환하게 밝힐 수 있다는 게 놀라웠다. 육안(肉眼)으로 볼 수 없었던 태양을 볼 수 있다는 것은 행운이었다.

"어쩌면 좋아. 이 신비함을…."

태양과 달은 서로를 포옹하고 구름과 구름 사이에 동동 떠 있었다.

올해로 미국의 닐 암스트롱이 달의 표면을 밟은 지 40년이 되었다. 달을 우주의 어머니로 숭배하던 시대는 지났지만, 우주론 국가인 우리가 해를 가려서 일식을 만드는 달의 신비를 느끼는 것은 자연스러운 일이다.

태양계 다른 행성은 훨씬 적지만 지구를 도는 달은 지구의 4분의 1이나 된다. 45억 년 전 지구에서 떨어져 나간 달은 29.5일 마다 지구를 한 바퀴씩 돈다. 지구의 유일한 위성인 달이 없었더라면 인류의 문명은 생각할 수도 없었을 것이다. 미 항공우주국(NASA)은 달이 있으므로 해서 지구의 자전 속도가 느려지고 지구 표면의 바람이 약해진 덕분에 우주에서 드물게 지구에 생명이 탄생하고 진화할 수 있었다고 설명하고 있다.

달이 지구상에 등장한 인류에게 직접적인 영향을 주어 문명이 탄생하게 되었다. 예나 지금이나 하늘을 알려고 하고 하늘을 두려워하는 것만이 삶을 융성하게 하는 것이다. 멀리 크게 내다

보고 살아가는 대한민국은 세계 유일의 태극을 국기로 한 우주
론 국가이다.

지구에서 달과 해의 크기가 비슷하게 보이는 이유는 해의 지
름이 달의 400배, 지구-태양의 거리는 지구-달거리의 400배이
기 때문이다. 태양을 공전하는 지구, 지구를 공전하는 달이 태
양-달-지구의 순서로 서게 되면 달이 해의 일부 또는 전부를
가리는 일식 현상이 벌어진다.

태양을 가린 달의 그림자가 2009년 7월 22일 지구촌 일부에
드리우며 30억의 인구가 이 화려한 우주 쇼의 장관을 지켜볼 수
있었다. 한반도에서는 61년 만에 가장 큰 부분일식이었다.

달이 태양을 얼마나 가리느냐에 따라 네 가지로 분류한다. 달
이 해를 완전히 가리는 개기일식, 달이 해 속으로 들어가 달 주
변에 반지 모양으로 태양 테두리가 나타나는 금환일식, 개기일
식과 금환일식이 한꺼번에 일어나는 하이브리드(혼성) 일식, 달
이 해의 일부분을 가리는 부분일식으로 구분한다.

이 중에서 가장 드문 것은 하이브리드 일식이다.

한 곳에서 개기일식을 기다린다면 300년에 한 번밖에 볼 수
없다 한다. 일식의 백미는 개기일식이다. 개기일식 지역은 보름
달 밤처럼 어둑해지고 기온도 떨어진다. 그러나 부분일식은 태
양이 달에 99%가 가려져도 해가 꽤 밝다. 태양은 보름달 밝기

의 100만 배 정도 밝은데 99%가 가려져도 태양의 밝기는 보름달 밝기의 1만 배에 달하기 때문이다. 오늘 내가 본 우리나라 부분일식은 최대 93%까지 태양이 가려졌는데도 여전히 대낮처럼 밝았다. 개기일식은 이론상으로 최장 7분 31초를 넘기지 못하는데 이번 개기일식은 6분 39초였다.

지구에서 이제는 개기일식을 볼 수 없는 날이 올지도 모른다. 달이 지구로부터 매년 3.8cm씩 멀어지기 때문에 6억 년 뒤에는 지금 38만5,000km보다 2만2,800km 더 멀어진다. 이렇게 되면 지구-달-태양이 일직선을 이룬다 해도 개기일식의 여건을 만들지 못한다. 달과 태양의 크기가 같아 보이는 거리까지 달이 지구에 근접할 수 없게 되기 때문이다. 더욱이 태양은 점점 더 커진다고 하니 개기일식이 일어날 여건은 점점 더 나빠진다.

아시아를 중심으로 개기일식과 부분일식이 연출되는 21세기 최고의 우주 쇼를 보기 위해서 세계가 들썩거렸다.

나 역시 잠깐이지만 우주의 신비한 황홀 쇼를 볼 수 있었던 것을 최고의 행운으로 생각한다. 그 시간 우주 쇼를 볼 수 있었던 것은 어쩌면 고슴도치 치료에서 탈출을 기원하기 위함인지도 모른다. 내게 주어진 짐 모두 벗어버리고 태양의 신비에 젖어 소원을 빌었다.

아직도 여전히 머릿속에서 빙빙 돌고 있는 해와 달의 한 몸 이룬 아름다움이 여기저기서 "어쩌면 좋아!" 감탄사가 꼬리에 꼬리를 문다.

2009년 7월 22일

눈부시게 아름다운

창밖에 쭉 늘어선 야자수의 작은 흔들림을 바라본다. 사람의 모습은 보이지 않고 자동차들만 부지런히 오고 갈 뿐이다. 하늘에선 금방이라도 파란 물감이 뚝뚝 떨어질 것 같은 3월의 햇살은 벌써 봄의 따사로움에 젖어 들고 있다. 수만 리를 떨어져 외롭게 살고있는 내 아들이 사는 낯선 곳이다. 화려하고 충만하다는 미국의 한 모퉁이에서 조용히 조국의 말을 잃어가며 살아가는 아들이다. 이른 아침 피로를 채 풀지 못하고 허둥대며 출근하는 아들의 뒷모습이 햇살 시린 창가에 그림자로 남아 있다. 이렇게 허허로운 세상에 내 아들을 보냈다는 죄책감에 눈시울이 뜨겁다. 얼마나 힘이 들었을까, 얼마나 부모와 형제가 그리웠을까를 생각하며 미안함이 내 마음속에서 숨 막히게 맴을 돈다.

눈부시게 아름다운 선물, 작은 아가를 품에 안고 지금 내가 어디에 와 있는지 생각하고 있다. 스치는 세상사에 하고 많은 인연 중에 이 아기를 이토록 먼 타국 땅에서 만날 수 있는 것은 신이 내게 주신 필연의 선물인 것이다. 내 품에 있는 이렇게 작고 앙증맞은 아가의 숨소리, 또랑또랑한 눈동자와 포근한 미소가 사랑스럽다.

'어디서 이렇게 소중하고 예쁜 아이가 내 곁에 왔단 말인가?'

온몸을 저리게 하는 고마운 마음이 가슴 가득 행복을 안겨준다.

나는 지금 아가의 눈동자에서, 아가의 몸짓에서 먼 그날 40여 년 전 내 품에 안겼던 아들을 떠올리고 있다. 맑은 눈동자로 나를 바라보며 모두를 내 의지에 맡겼던 내 아들의 곱던 모습. 어쩌면 그렇게도 똑 닮았을까?! 아들의 아들을 가슴에 안은 나는 지금 꿈인지 생시인지 온몸에 전율을 느끼고 있다. 하늘이 내게 보내 준 복되고 과분한 사랑의 선물이 내 가슴을 설레게 한다. 눈부시게 어여쁜 아기를 품에 안고 행복으로 눈가가 촉촉하게 젖는다.

"어쩌면 좋으니!"

"나는 너를 만나기 위해 긴 시간 비행기를 타고 이곳까지 왔단다. 아가야! 네가 우리에게 와서 너무 기쁘고 고맙다."

오랜 시간 타국 땅에서 외로움과 싸우며 살아온 아들. 이제 한 가정의 가장이 되어 갓난 아들을 품에 안고 아빠 놀이를 하고 있다.

세상에 이보다 더 고맙고 감사한 일이 또 있으랴!

아들이 제 아내와 함께 솜털이 보송보송한 아가를 품에 안고 목욕을 시키고 기저귀를 갈아주는 모습이 부모의 참사랑을 느끼게 한다.

이 아이들을 보기 위해 나는 할미라는 이름으로 멀리서 달려 왔다. 이렇게 아름다운 모습들이 영원히 변하지 않기를 바라는 마음이 나의 간절한 바람이자 영원의 기도이다.

지치고 그리울 때나 힘이 들 때 도와주는 것이 부모의 의무이 건만 이국땅 객지로 떠난 아들에게 나는 무엇을 해주었는지….

더 많이 주고 싶고, 마음을 다해 사랑으로 보듬어 주고 싶지만 늘 부족한 것 같다. 이제 미래는 그들의 세상이 될 것이다. 아들과 며느리 그리고 귀여운 아기 손자로 해서 예쁘고 평화로운 그림이 그려질 것이라는 믿음 하나 전해 주고 싶다.

어린 손자가 내 품에서 새근새근 잠이 들어있다.

세상에 막 피어난 어린 생명은 고귀함이며, 아름다움이며, 소중함이며, 축복을 받아야 할 권리가 있음이 당연할 것이다.

"아가! 창밖을 보렴. 이 세상 모두가 너에게 축복을 보낸단다. 마음껏 가지려무나. 이 많은 세상의 삶들을 너는 늘 넉넉한 가슴으로 품어 안고, 따사로운 사랑으로, 평화롭게 저벅저벅 힘차게 걸어가며 살아가거라."

창밖에 부는 바람도 내 아기에겐 자장가가 되리라.

세상의 모든 축복이 아기의 얼굴에 비칠 때 할미 가슴도 활기차게 뛰리라. 축복이 이 아이들의 집에 가득하기를 바라는 마음은 욕심이 아니라 간절한 소망인 것이다.

"아가아! 태양처럼 눈 부시고 아름답게 높은 삶을 살아가거라. 네 영혼이 따사로운 세상에 영원히 빛나기를 할미는 간절히 기도하고 기도하마."

뉴욕을 가다

삶에서 가끔은 이렇게 보너스를 받을 때가 있다.

나에게는 쉽지 않은 여행이었지만 한국수필 미 동부 해외심포 지엄에 동참했다. 세계 문화와 무역의 중심지인 뉴욕에 도착한 시간은 한낮이었다.

뉴욕은 시가지에 들어서는 순간 글로벌 도시답게 거대한 마천 루 빌딩 숲이 이어져 정신을 차릴 수가 없었다.

바쁜 일정으로 뉴욕 포에츠덴 극장에서 문학 행사를 하기 위 해 우린 버스 속에서 준비해온 한복을 갈아입었다. 이렇게 일정 상 바쁘게 버스 속에서 수선을 피우는 것도 이 여행의 추억거리 가 될 것이다.

포에츠덴 극장에 도착하여 뉴욕 문인들의 환영을 받으며 들 어선 극장은 침침하고 메케한 내음으로 오랜 세월이 묻어있었 다. 화사하게 한복으로 갈아입은 수필가들의 모습이 정숙하고 고왔다.

서로 낯선 듯 낯설지 않은 마음이 되어 한국 수필가와 뉴욕 수필가들이 작품을 낭송하기 시작했다. 긴 수필을 낭송용으로 줄이고 줄인 글이기에 완벽하게 작품의 내용을 전달할 수는 없지만 짧은 글 속에도 각자의 작품 세계가 잘 드러났다.

창밖엔 번갯불이 번쩍이며 빗줄기가 쏟아지고 있는데 한국 수필가들과 교민 수필가들의 분위기는 화기애애했다. 바쁜 일정에 시간을 쪼개어 마련해준 만찬은 각종 메뉴로 풍요로웠다. 고마움을 안고 호텔로 돌아오는 길은 신기하게도 맑게 개어 있었다.

다음 날 뉴욕한국문화원에서 문화원장의 환영사를 권두로 심포지엄이 개최되었다. 시차 적응이 되지 않은 상태에서 무리한 관광 후에 몰려오는 피로 때문에 꾸벅꾸벅 달려드는 잠을 감당하기 힘들었다. 세미나에서 한마디라도 더 들어 보려고 했지만 아물아물한 내용이 가슴을 답답하게 했다.

정재욱 님의『미 동부지역 수필가들의 활동 현황과 과제』정목일 님의『수필 문학에 대한 통찰과 모색』이란 주제였다.

뉴욕 문인의 역사와 회원 수, 이민 1세대와 1.5세대의 살아가는 모습, 우리나라가 조선 산업이나 전자산업에서 세계 1위이기 때문에 어디에 살든 당당한 한국인이라는 정체성을 가지고 살아간다는 이야기 등이다.

정목일 님은 수필의 핵심은 서정성과 사랑이며, 논리와 지식이라고 했다.

　수필의 개념과 수필 쓰기는 인생의 토로와 고백성사라고 한다. 인격에서 향기가 나야 문장에서 향기가 나며 덕망이 있어야 문장에서 온기가 흐른다는 발제자의 말에 공감이 간다. 좋은 수필을 쓰기 위해서는 좋은 인성과 고결한 영혼을 지녀야 한다는 것, 수필은 고백문학이며 맑은 마음과 향기로운 마음을 깨끗이 닦아낸 거울에 비추는 것. 수필의 위대성과 효용성은 자신의 삶에 대한 성찰과 의미 부여를 통한 인생의 발견이며 단순한 기록을 초월하여 인생의 미학, 창조와 영원수용을 안겨 주는 데 있다고 한다. 아쉬운 마음으로 세미나를 마치고 돌아온 다음 날부터 전격적으로 관광이 시작되었다.

　*마크 트웨인(Mark Twain House)이 살던 생가는 보존을 위해 하루에 30여명만 입장을 시켰다.

　케네티컷 하트퍼드 도심에서 그리 멀지 않은 곳에 낮은 언덕 위에 멋진 집 한 채가 있다. 세 개의 뾰족한 지붕 탑이 솟아있는 화려한 장식의 삼층 건물인 이 집은 마크 트웨인이 가족과 많은 사람으로부터 사랑을 받는 소설을 집필한 명작의 산실인데 붉은색 벽돌에 고딕양식으로 조각을 한 집이다. 안내자의 설명은 마크 트웨인 아내가 직접 건축가와 함께 집의 구조를 구성하여 지었다 한다. 그 당시로는 거액인 40만 불이나 들었다는 이 집은 7개의 침실과 7개의 화장실과 큰 차고, 화초로 가득한 온실로 구성되어 있다. 집안에 늘어서는 순간 오랜 세월이 그 자리에 멈추어진 느낌이었다. 아내와 아이들과 행복했을 순간의 공간들이 긴 세월 속에 옛 모습 그대로 그 자리에 있었다. 아내와 함께했던 침대, 사랑하던 자녀들이 사용하던 공간, 그들이 공부하는 모습을 바라보며 순박하고 자유로운 영혼에 대한 찬미의 글들을 구상했던 장소, 지인들과 담소를 나누며 당구를 치던 그만의 공간도 있다. 아내와 아이들에 대한 절절한 사랑과 세상에 대한 호기심으로 집안 곳곳에는 최고의 장식품과 골동품들로 꾸며져 있었다.

1835년 미국 미주리주 플로리다에서 태어난 그는 4살 때 미시시피 강변의 소도시 Hannibal로 가족과 함께 이사했다. 11살에 아버지를 잃은 마크 트웨인은 인쇄소 수습공으로도 있었으며, 그가 미시시피강을 누비는 증기선의 키잡이로 일하던 주변의 자연은 그의 유년기에 깊은 인상을 남겨 주었다. 그 후 미시시피강은 『톰 소여의 모험』, 『미시시피강의 추억』, 『허클베리 핀의 모험』 등의 무대가 되었다. 그의 작품 세계는 다분히 미국적이며 자유스러운 영혼에 대한 찬가이다. 『아서왕과 코네티컷 향기』, 『불가사의한 병』은 환상소설로 노예제도가 있는 자유

국가인 미국의 모순을 폭로하고 바로 잡으려고 쓴 작품이다. 어린 시절 내 꿈과 모험의 흥미를 안겨주던 위대한 작가가 살았던 집을 방문한 것은 큰 행운이었다. 그의 생전의 모습을 하나하나 마음속에 담으려는 노력은 이번 여행의 알찬 보람으로 기억 속에 오래도록 남아 있을 것이다. 어쩌면 내 창작의 도전이 되어줄 것 같다는 생각도 들었다.

　수필로 맺어진 인연으로 문인들과 함께한 6박 7일간의 여행은 수많은 경험을 했다. 거대 미국의 수도에서 미국의 어제와 오늘을 배웠고, 세계 경제와 문화의 핵심인 뉴욕의 화려한 모습은 세계인들의 선망이 될 수 있는 땅이란 느낌을 받았다.

2010년 12월 14일

인생의 향기1

1) 수선화를 사랑하던 그녀

그녀와의 우정은 내 삶의 보슬비였다.

눈에 띄게 아름답다거나 호감이 가는 모습은 아니지만 가무스레한 작은 얼굴에 맑은 눈동자, 다정한 미소로 나를 좋아해 주던 그녀가 내게는 가장 사랑스러운 사람이었다. 객지 생활을 시작한 여학교 교정에서 만난 그녀는 물속에 비친 자신의 모습에 반해 죽은 나르시소스를 닮은 꽃 수선화를 좋아했다. 닥터 지바고의 라라와 쏘냐의 사랑을 비교했고, 비창을 들으며 함께 눈물을 흘리기도 했던 친구다. 객지 생활의 쓸쓸함과 외로움을 달래주고, 추운 겨울날엔 내 어깨에 슬그머니 자신의 코트를 걸쳐 주던 그녀는 내 삶의 햇빛이고 용기이고 힘이었다.

운명에 묵묵히 순응하며 말없이 살아가던 그녀는 희생과 사랑밖에 모르는 착한 사람이다. 용서와 사랑, 그리고 포근함을 가르쳐 준 다정한 친구, 내 인생에서 다시 만날 수 없는 따뜻함을 주었던 그녀가 이제 이 세상에 없다. 그녀가 지금 내 곁에 없지만 서로의 마음을 헤아릴 줄 알았었다는 것만으로도 나는 그녀가 고맙고 감사하다.

영원한 느낌표로 남아 있는 그녀, 문득 가슴으로 스며드는 그 사랑이 내 방에 수선화가 되어 봄 햇살 속에 피어 있다.

2) 반야의 넋

내게는 30년을 함께 동거동락해 온 풍란이 있다.

나이가 들며 삶에 조금씩 지쳐가고 있을 때 분재를 배우며 사들인 풍란이 오랜 세월 내 삶을 지켜보고 있다. 여섯 촉을 구매한 난은 여러 촉으로 늘어나 해마다 달콤한 향기를 선물해 주고 있다.

풍란은 바람이 잘 통하는 남쪽 지방 바닷가 절벽이나 나뭇가지 등에 붙어사는 착생식물이다. 희고 굵은 뿌리를 길게 내리고 공기와 습기의 영양분으로 자라는 풍란은 초여름 꽃자루를 뻗어 맨 끝에 피는 꽃과 뒷부분에 길게 휘어진 수염의 고귀함이 일품이다. 끝이 뾰족한 잎은, 두텁고 단단하여 인정이 많고 최선을 다하는 완벽주의 심성을 가진 사람에게 삶을 포근하고 여유 있고 튼실하게 살라는 듯하다. 봄이 되면 그리운 사람을 기다리는 마음으로 나는 풍란이 피기를 기다린다. 청초한 모습의 하얀 꽃잎에서 집안 가득히 은은한 향을 피워주는 이 작은 꽃송이들이 기쁨을 선물해 주기 때문이다. 죽음과 부활을 반복하며 생명과 종을 유지해 가고 있는 소엽 풍란을 나는 너무 좋아한다. 그늘과 이야기를 나누고 외로움을 달래며 공생의 의미를 배운다. 다른 꽃들도 내 곁에서 이별과 만남을 반복하고 있지만 가장 오랫동안 지켜봐 준 풍란은 언제까지 나와 함께할 것이다. 개화를 준비하는 4월의 풍란은 생명의 강인한 뿌리를 뻗으려고 봄 햇살에 온몸을 내준다. 반야의 넋인 풍란의 향기가 뱃사람의 길잡이였듯이, 낯선 길을 헤매는 내 인생에 풍란은 분명 삶의 안내자다.

3) 작은 정원

꽃을 좋아하는 나는 확실히 농부의 딸이다.

분홍빛 장미가 담장 너머로 흐드러지게 피어 있는 주택에 살던 때가 그립다. 장독대 사이에 한 아름이 되는 철쭉을 심어 봄 뜰을 가득 채웠다. 뜰의 한 모퉁이에는 커다란 목 튤립이 연둣빛 꽃을 피웠고 잔디밭 가장자리에는 여러 수형의 분재들이 뜰 안에 가득했다. 분재를 배우며 정신없이 사들인 화분들이 내게 행복을 안겨 주었다.

하얀 배꽃과 핑크빛 사과꽃이 핀 길을 걸으며 어린 시절을 보내선지 나는 꽃을 좋아한다. 자목련 그윽한 향기, 사발만큼 커다란 수국. 하얀 백합의 향내, 참나리꽃의 간드러진 모습, 앵두나

무의 보석 같은 열매, 커다란 감나무, 수많은 종류의 꽃과 열매들이 한가득 피었던 어린 시절의 작은 정원은 지금도 내게 자연과 더불어 살아가라고 조언을 한다.

뜰에 야생화를 가득 심어놓고 꽃들의 축제를 보고 싶다. 그것이 특별히 아름답거나 화려하지 않아도, 더불어 피고 지는 모습으로 충분하다. 민들레, 채송화, 밤에만 피는 달맞이꽃, 까치수염도 소중한 벗이 될 것이다. 그러나 지금은 모든 것을 정리하고 아파트로 이사를 오면서 꿈이 점점 멀어졌다. 많은 분재를 지인들에게 분양하고 몇 그루만 데려왔는데 땅의 정기를 받지 못하는 나무들이 생명을 유지하기에 무척이나 힘들어 보인다. 그들이 하나둘 곁을 떠나고 지금은 몇 그루의 난 화분만 베란다에서 함께 살고 있다.

취미에 큰 의미를 부여하는 것은 아니지만 바쁜 일상에서 짬을 내어 정신세계를 한가롭고, 부유하게 하는 것, 누구에게는 몇 그루의 화분 속에 특별한 의미를 부여하며 살아간다는 것이 하찮은 일일지 모르지만 내게는 심리적 안정을 주고 만족감을 주는 유일의 취미다.

맛, 고향의 맛

그가 또 투덜투덜 잔소리를 시작한다.

"청국장 맛이 왜 이렇게 시골스럽지?"

식탁에 앉기도 전에 나는 짜증이 난다.

"도대체 시골스러운 맛은 어떤 맛인데?"

"아~그냥 밋밋한 맛이라고 할까!"

"그럼 도시다운 맛은 어떤 것인데요?"

"깔끔하고 담백하면서 감칠맛이 나는 것이지."

당당하게 트집을 잡는 그가 너무나 얄밉다. 은근히 마음이 상했지만, 특별히 맛에 예민한 남편과 사는 내 팔자려니 생각하고 혼자 마음을 달랜다. 그래선지 나는 언제나 내가 만든 음식 앞에 당당할 수가 없다.

내 고장에서는 청국장을 담북장이나 퉁퉁장이라고 한다.

청국장은 어머니의 향기이며, 고향이며, 추억의 단편들을 떠올리게 하는 음식이다. 텁텁하고 구수하여 정감이 그대로 묻어

나는 맛은 고급스럽거나 깔끔한 맛은 아니지만, 초가지붕 위에 박꽃을 닮아 소박하다.

측백나무 울타리 넘어 앙상한 사과나무가 찬바람에 몸을 떨고 싸락눈이 내리기 시작하면 곰삭은 청국장찌개가 밥상에 오르기 시작한다.

어머니의 정성과 사랑, 햇살과 바람 한 점을 양념으로 넣어 만든 청국장, 세상에 어떤 음식이 어머니의 손맛을 따라가겠는가.

우리 형제들은 긴 겨울을 어머니가 만들어 주신 청국장 맛에 빠져 살았다. 질화로에서 보글보글 끓고 있는 청국장에 듬성듬성 들어있는 두부를 서로 먹으려고 숟가락이 뚝배기 속에서 전쟁을 하고 눈싸움으로 서로를 견제했다. 그렇게 일곱 남매는 다투고, 사랑하고, 서로 기대며 구수한 청국장과 어머니의 사랑으로 차가운 겨울밤을 따듯하게 보냈다.

청국장은 콩을 발효시켜 만드는 한국 고유의 전통음식이다.

삶은 콩을 뜨거운 곳에서 발효시켜 누룩곰팡이가 생기도록 만드는 속성速成 장류醬類다. 된장은 발효시켜 먹기까지 몇 달이 걸리지만, 청국장은 2~3일이면 된다. 콩 발효식품 중에서 가장 짧은 기일期日에 만들 수 있는 장이다.

청국장을 만드는 방법은 물에 불린 콩을 붉은빛이 돌도록 오랫동안 푹 삶아서 뜨거울 때 한 김만 빼고 소쿠리에 볏짚을 깔아 3일 동안 담요나 이불을 덮어 놓으면 끈적끈적한 물질이 죽죽 떠리 오르는 청국장이 된다.

청국장은 발효균들이 콩의 단백질을 분해하여 발효가 잘될 수 있도록 콩을 무르게 찌는 것과 온도를 잘 맞추는 것이 중요하다. 풍미가 특이하고 영양가도 높고, 소화가 잘될 뿐만 아니라 단백질을 가장 효과적으로 섭취할 수 있는 식품이 청국장이다. 당뇨 예방이나 변비, 설사, 숙취, 발암 억제, 노화 방지, 다이어트, 뇌졸중, 골다공증 등 예방에도 좋은 음식이다.

청국장을 끓이는 날에는 풀풀 풍기는 냄새의 당당함이 온 집안을 뒤집어 놓는다. 아들은 코를 막고 짜증을 부리며 외면하는 음식이지만, 나는 텁텁하고 구수한 맛 때문에 즐겨 먹는다.

청국장이 처음 등장한 것은 신라 대왕인 신문왕이 김흠운의 딸을 왕비로 맞을 때 폐백 품목으로 사용했다는 기록이 있다. 또 신라 문무왕이 당나라 장군 설인귀가 웅진도독부를 설치하는 것을 막기 위해 보낸 항의문에 '웅진길이 막혀 염시가 바닥났다'라는 내용이 있는데 이 염시가 지금의 청국장이다. 고구려와 발해의 땅인 만주 지방에서 말을 몰고 다니던 우리 선조들이 콩을 삶아 말안장 밑에 넣고 다니며 수시로 먹었다. 이때 말의 체온(37~40도)에 의해 삶은 콩이 자연 발효된 것이 청국장의 원조다.

청국장의 역사나 약효보다 나는 어머니의 손맛에 더 정감을 느낀다. 어머니가 청국장을 정성스럽게 만들어 가지고 오시는 날은 추수가 끝나고 겨울맞이 준비가 다 되었다는 증거다. 한여름 농사에 지친 몸을 쉴 사이도 없이 자식이 보고 싶어 오시는 어머니보다 나는 보따리 속의 청국장을 더 반가워했는지도 모른다. 소박하고 촌스러운 음식이지만 서울 생활에 심신이 지쳐 있는 나를 달래주고 구수한 향기로 가족 사랑을 느끼게 해 주는 고향 음식이기 때문이다.

청국장을 띄우며 어머니는 자식들의 삶도 소박하고 모나지 않게 세상과 잘 어우러져 구수하게 살아가길 바라셨을 것이다. 청국장에는 그 애잔한 어머니의 소원이 진한 양념으로 섞여 있기에 더 구수했으리라.

*염시: 삶은 콩에 누룩을 섞어 소금물에 담갔다가 발효시켜 말린 것.

소유와 욕망

소유욕은 생존을 위한 욕망과 같고, 소유의 본능은 인간 본성의 기초라고 한다.

소유하고 싶은 마음은 행복을 주기도 하지만 지나치면 불행을 가져온다.

사람은 남의 욕망은 인정하지 않으면서 자기의 욕망은 인정받고 싶어 한다. 소유는 안전하고 편안한 삶을 위해 물질의 비축이라는 의미를 넘어, 소유한 자의 사회적 위치까지 결정하는 잣대가 되기도 한다. 그러나 가진 것들을 가치 있게 사용하면 보람이 생기지만, 소유욕 때문에 움켜쥐고 무지無智하게 사용하는 순간 숨어 있던 불행이 슬슬 얼굴을 내민다.

세상을 떠들썩하게 만든 사건 사고들을 유심히 들여다보면 소유욕의 결과가 많다. 물질의 유혹에서 자유로울 수 없을 때 욕심은 지나친 집착으로 마음을 탁하게 한다. 사람이 사람의 길을 가야 하지만 도리를 저버리면 짐승처럼 추하고 저렴한 행동을 하기 쉽다. 궁색하면 궁색한 대로, 풍요로우면 풍요로운 대로 살면 되는데 소유욕은 결국 인간성을 상실하게 한다.

세상 모두를 준다 한들 마다할 사람 있겠는가.
소유와 욕망은 끝없는 명예욕과 물질욕이란 요물에 의해 인간을 선과 악의 선상에서 갈팡질팡하게 만든다. 돈만 있으면 무엇이든 다 가질 수 있고, 돈으로 안 되는 것이 없는 시대이기 때문이다. 욕망이 필요하지만 지나치면 더럽고 치사한 것이다. 남의 영혼에 몰매질을 하고 심하게는 타인의 목숨까지 빼앗으면서도 그것이 잘못인지를 모른다. 영원히 살 것처럼 쌓고, 빼앗고, 만족을 모르며 소유에 집착하는 것이 덧없음을 알면서도 허상에 시달리며 살아가는 것이 인생인가 싶다.
소유의 많고 작음이 행복의 기준이 아니라는 이론은 누구나 안다. 아님을 알지만, 가지고 있는 것은 생각지 않고 내게 없는 것만 생각하게 된다.

욕심을 씻어내는 영혼의 샘을 찾기가 어렵다.
살기 위해 세속을 부정할 수밖에 없는 현실이 우리를 늘 가로막기 때문이다. 해서 현실을 바로 보고 허망한 것들에 매달리지 말아야 한다.

미국의 시인 드로우가 "당신 마음속으로 얻는 것이 당신의 진정한 소유물이다"라고 한 말을 꼭 기억해야 할 것 같다.

지드 모파상의 소설 「목걸이」라는 작품을 생각해 본다.

마틸드는 호화로운 생활을 꿈꾸며 사는 여자다.

장관이 주최하는 파티에 초대된 그녀는 아껴 두었던 돈으로 새 옷을 사고 친구에게 값비싼 진주목걸이를 빌려 파티에 참석했다가 목걸이를 잃어버렸다. 어쩔 수 없이 전 재산을 처분하고 모자라는 돈은 빚을 얻어 빌려온 목걸이와 똑같은 진주목걸이를 사서 친구에 돌려주었다. 그리고 10년 동안 갖은 고생을 하며 빚을 다 갚았을 무렵에 주인을 통하여 그 목걸이가 싸구려 가짜 진주였다는 것을 알게 된다. 사치와 허욕에 물들지 않았다면 10년 동안 빚을 갚느라 그 부부의 삶이 그토록 비참해지지는 않았을 것이다.

지금 한 기업인의 소유와 욕망 때문에 배의 적재량을 불법으로 고친 세월호라는 배를 타고 청소년들이 여행을 가다가 해상사고가 발생했다.

수많은 생명이 목숨을 잃은 사고 때문에 온 나라가 슬픔의 도가니에 빠져있다. 잘못을 반성하기보다 오히려 재산을 숨기고 가족들을 모두 피신시키고, 본인은 숨고 신도들을 앞세워 종교

탄압이란 엉뚱한 때거지를 쓰고 있다. 과연 이들에게 윤리관과 도덕심이 있는 것일까?

사람으로 할 수 있는 것과 할 수 없는 것이 있는데 이단의 교주 한 명이 욕심 때문에 짐승의 길을 가고 있다.

너나 할 것 없이 사람은 가끔 소중한 것이 무엇인지를 망각하며 사는 것 같다.

남보다 더 많이 가지려는 소유욕과 욕망의 굴레에서 벗어나기란 쉽지 않다. 그것은 이기심과 자기애에 집착한 나머지 타인에 대한 배려가 인색하기 때문이 아닐까?

소유와 욕망의 굴레에서 벗어나고 싶다는 마음이 간절하지만 나 역시 이것에서 자유롭지 못한 것은 사실이다.

삶, 그 서투른 길

삶이란 물 흐르듯 조용히 흘러가는 나날들이다. 벌써 인생의 끝자락으로 가고 있는 나는 그 누군가의 딸로, 아내로, 엄마로, 여러 형제 중의 한 사람으로 살아왔다.

이런 여러 모양의 사람으로 살면서 내가 한 행동과 생각들의 결정체가 바로 나라는 존재다. 이제 와서 내 삶의 궤적을 다 지우고 세상을 떠난다는 것이 마음처럼 그리 쉽지 않다. 힘들 때 나를 사랑하고 믿는 이들을 의지하며 살아가는 것은 나무가 태양과 바람과 태풍을 견디며 성장해 가는 것과 같음일 게다. 그러나 사람이기에 받은 것에 대한 감사보다 내가 희생하고 베푼 만큼의 대가를 기대하기도 한다.

어떻게 하면 후회 없는 삶을 살 수 있을까?

오늘 편안한 하루가 내일 몇 배로 힘든 날이 될지도 모른다.

과거는 현재의 거울이 되고, 현재는 미래의 그림자가 되기 때문에!

오늘 잘 살면 내일 웃을 수 있는 행운이 주어질 것이며, 마음도 몸도 건강해야 신이 내려 주신 축복도 누릴 수가 있을 것이다.

신은 참는 자에게 복을 주고, 참을 수 있을 만큼의 시련도 주신다고 했다. 나는 내가 만난 사람들에 의해서 만들어졌고, 어떤 사람을 만나 어떤 생활을 하였느냐가 내가 살아온 삶일 것이다.

우리의 삶은 무엇이든 혼자 할 수 있는 것만 있는 것이 아니다. 내가 부족하면 상대가 채워주고 상대가 부족하면 내가 채워주는 것이 지혜롭게 사는 방법이다. 배려하는 마음도 있어야 하고, 도움이 필요하면 도움을 청할 줄도 알면 삶이 아무리 어렵고 힘이 든다 해도 이겨 낼 수 있을 것이다.

위기는 죽으라고 오는 것이 아니라 숨겨져 있는 자기를 찾아 살아가는 방법을 배우라고 온다고 한다.

진짜 의미 있는 일은 타인과 신의 도움을 통해서 이루어진다.

산다는 것은 싸우는 것이 아니라 잘 화해하며 가야 하는 길.

바르게 가되 적절한 속도로 가야 할 것 같다.

부지런히 일하는 꿀벌에게는 근심이 끼어들 틈이 없듯이 부지런한 인생을 살다 보면 온갖 고통과 번뇌와 슬픔에서도 속히 벗어날 것이다.

내 삶에 탈이 나면 따로 주치의가 필요한 것이 아니라 자신이 자신을 치료하며 살아야 한다.

자신이 자신을 아끼지 않으면 남도 나를 홀대한다.

나와 함께하는 가족이 소중하시만 나 자신은 더욱 소중하다.

행복해지고 싶으면 그리운 곳이 있어야 하고, 즐기며 할 수 있는 일이 있어야 하고, 보고 싶고 만나고 싶은 사람이 있어야 한다.

무심코 한 말이 상대에게 상처를 준다는 것은 나중에 깨닫게 되니, 자신에게 매서운 스승이 되어야 한다.

내가 빛을 지향하는지 어둠을 지향하는지에 따라 삶은 밝기도 하고 어둡기도 하다. 설사 신이 희망을 주지 않는다고 해도 자기 스스로 희망을 버려서는 아니 된다. 해서 절망이란 신이 절대로 용서하지 않는 큰 죄라고 한다.

세상에서 가장 어려운 산수가 있다면 그것은 우리에게 주어진 축복을 헤아리는 것이라 했다.

자신이 받은 축복이 별로 없다고 생각하는 사람은 세상에서 제일 가난한 사람이다.

삶. 그 서투른 길은 휩쓸려가는 것이 아니라 내가 스스로 걸어감으로 길을 만드는 것, 바로 그것이다.

낙엽을 밟으며

마른 낙엽이 땅에 떨어진다.

오랜 시간 따사로운 햇살을 받고 바람의 아픔을 견디며 촉촉한 사랑비도 맞아 가며 지나온 세월을 뒤로하고 땅으로 떨어지는 낙엽이 사람들을 피하듯 이리저리 날리며 몸부림을 치고 있다.

어떻게 인생을 살아야 하는가?

어떻게 하면 이 세상을 떠날 때 평화로운 마음으로 떠나갈 수 있을까?

이 문제는 참으로 어렵다.

목마른 자에게 샘물 한잔,

마음 상한 이에게 위로의 한마디,

사랑이 필요한 이에게 사랑 한 스푼,

영혼의 깊은 곳에 피어나는 사랑의 들꽃이 되기란 쉽지 않다.

사랑은 이해, 관용, 포용, 동화, 감동, 대화, 겸손이 선행되어야 한다는 것을 알면서도 주기보다는 받기를 원했고 버리고 비우기보다 채우고 또 채우려 했는지도 모른다.

싱서와 상서가 합치넌 지유가 되고 너와 내가 합치면 우리가 된다는 것을 잘 안다. 감사하는 마음, 인간관계, 지금, 이 순간에 대한 최선, 그리고 어려운 곳을 향한 자비심 등이 중요한 것임도 잘 알고 있다. 그러나 아무 일이 없다는 듯 사람들은 서로 비슷한 길을 걷는다.

후회하며 사랑하며 스스로를 달래며 때로는 견딜 수 없는 아픔을 겪으며 아픈 스트레스 때문에 잠 못 이루는 밤을 이어져 가는 날이 많다.

곱게 물든 낙엽이 그냥 만들어진 것은 아닐 것이다.

따가운 햇볕을 견디고 비바람에도 꿋꿋이 버티어 왔기에 아름다운 낙엽이 된 후 세상과 작별하는 것이다.

패션 디자이너 코코 샤넬은 "스무 살의 얼굴은 자연의 선물이고, 쉰 살의 얼굴은 당신의 공적이다."라는 명언을 남겼다. 중년 이후의 얼굴은 그 사람 인생에 관한 결과라고 할 수 있을 것이다.

나이를 잘 먹는다는 것은, 정말 어렵다.

아름다운 낙엽이 거저 얻어지는 것이 아니듯, 수많은 사람에게 밟히고 밟히는 우리에게도 푸르고 싱싱하던 시절이 있었다.

이 가을 머리를 풀어 헤치고 흐느끼는 낙엽이 창백한 얼굴이다.

마른 잎이 바삭바삭 우는 눈물 없는 울음소리를 나는 마음으로 듣는다.

낙엽을 밟으며 나는 남아 있는 내 날들을 생각해 본다.

멕시코 칸쿤

사랑이란 전등이 아니라 촛불이다. 전등은 돌보지 않아도 오래도록 빛이 나지만 촛불은 돌보지 않으면 쉽게 꺼지고 만다. 그래서 자식을 사랑하는 마음은 촛불이다.

늘 가슴을 아리게 하는 아들을 만나고 싶다는 일념에 나이가 들어 조금은 불편한 몸을 안고 휘스톤으로 떠났다. 겁 없이 떠나는 우리 부부에게 어떤 친구는 비행기 값을 아들 생활비에 보태주는 것이 나을 것이라고도 했다. 물론 현실적, 물질적 계산을 한다면 그 많은 돈을 들여 아들을 만나러 가는 것보다 그 돈을 보태 주는 것이 나을 수도 있다. 그러나 보고 싶은 마음은 그 어떤 물질적 계산보다 훨씬 앞서 있다. 더 나이가 들면 다시 아들 집에 갈 수 없을 수도 있다는 초조감과 마지막이 될 수 있다는 생각이 들기 때문이다. 점점 건강이 더 나빠져 가고 있기에 이번에 무리해서라도 아들이 사는 모습을 보고 싶었다. 눈에 아른거리는 어린 손자의 재롱이 더 간절히 보고 싶었다.

만남은 언제나 행복을 안겨준다. 핏줄이란 참으로 대단하고 오묘하다. 다녀간 지 오래되어 어린 눈에 할미의 모습이 지워졌으련만 첫날부터 함께 자겠다고 베개를 들고 내 방으로 건너오는 손자가 한없이 사랑스럽고 귀엽다.

　그렇게 보고 싶던 손자와의 잠자리는 긴 탑승의 피곤도 금방 사라지게 했다. 며칠을 아들 집에서 충분히 피로에서 회복한 후 온 가족이 멕시코 칸쿤으로 여행을 떠났다.

　칸쿤은 바다와 호수가 잘 어우러진 수려한 풍광을 가진 도시다. 해변에는 호텔과 리조트들이 아름다운 모습으로 늘어서 있어서 신혼여행지로 주목을 받는 곳이다. 이곳은 멕시코가 스페인 군대에 정복당한 슬픈 과거를 가지고 있다. 스페인 군대는 원주민들을 노예로 부렸으며 백인과 혼인하여 낳은 아이는 노예에서 벗어날 수 있었다. 폐망한 이들은 어떻게 해서라도 스페인 군인과 결혼하여 아이의 앞날을 보장해 주려고 했기에 45% 정도의 많은 혼혈족을 탄생시킨 나라다.

　멕시코의 자원은 석유가 국가이익의 40%를 차지하고 미국으로 2,500만 명 정도 인력을 수출하고, 마약과 관광 수입으로 나라 살림을 꾸려간다고 한다.

　칸쿤은 한적한 곳이었는데 미국인이 땅을 사서 숙박사업으로 수익을 내자 멕시코 정부에서 이 땅을 환수하여 휴양지로 개발하고 해변에서 일정 거리 이내는 외국인이 소유하지 못하게 법을 만들었다.

날씨는 뜨겁고 비기 적이시 식물이 질 자라지 못하므로 성삭시가 별로 없다.

이곳 호텔의 운영방침은 계약에 따라 호텔 내부 곳곳에 여러 나라의 식당을 두고 투숙객들이 원하는 식당에 가서 마음껏 식사할 수 있고, 여러 종류의 음료수도 마실 수 있다. 끝없이 펼쳐진 바닷가에는 각기 다른 모습의 풀장이 여러 곳이라서 이곳저곳 옮겨 다니며 수영할 수 있고 풀장 안에는 간단하게 음료수를 마실 수 있는 시음장도 있다. 밤에는 멕시코의 전통 연극이나 오페라, 마술 등 원하는 공연을 찾아가 마음껏 관람을 즐긴다.

12월에 칸쿤의 햇볕을 받으며 수영을 하고 와인을 마시고 세계 각국의 음식들을 먹어보면서 영화 같은 시간을 보냈다. 어린 손자의 귀여운 물놀이 모습을 스마트폰에 가득 저장하고, 세상의 모든 행복을 골고루 맛보며 가족들과 같이 꿈같은 시간을 보냈다. 12월의 뜨거운 크리스마스는 신기한 체험이었다.

이곳에서 더 관광할 수 있는 곳은 치첸이트사, 여인의 섬, 익힐 세노테 등 여러 곳이 있는데 우리는 이 모든 곳을 다니며 여행을 한껏 즐겼다. 배를 타고 〈여인의 섬〉으로 가는 바다 물빛은 어느 아름다운 색으로도 표현할 수 없을 만큼 푸르고 맑은 빛이었다.

토마스 하디의 《아내》

토마스 하디는 《테스》나 《귀향》으로 우리에게 친숙한 영국의 소설가다.

어린 시절 매우 내성적이고 몸이 허약했던 그는 시골 풍경과 삶, 시골 사람들의 미신이나 풍속을 쉽게 접하며 자랐다. 그의 작품들은 대부분 숙명론적 인생관이 깔려있어 비극적이고 침울한 결말을 맺는 경우가 많다. 계급적 편견이 여성에게 주어지는 사회의 불합리를 날카롭게 비판하는 작가다.

토마스 하디의 단편소설 《아내》는 연애와 결혼 그리고 생활과 그 삶의 결말을 말해주는 작품이다.

고지식한 선장인 졸리프는 배가 난파되어 고향에 돌아와 내성적 성격인 에밀리와 사랑에 빠진다. 그러나 질투심이 강한 조안나의 유혹으로 에밀리는 졸리프를 빼앗기고 만다. 사랑하지도 않으며 친구에게 그를 빼앗기고 싶지 않은 욕심에서 조안나는 졸리프와 결혼을 한다. 조안나는 매우 야심이 많은 여자다. 졸리프 부부는 두 아들을 낳았고 온 힘을 다 기울여 가계를 운영해 나갔지만, 형편은 좋아지지 않았다.

존리프와 헤어진 에밀리는 읍내에서 사업을 하는 상인과 결혼하여 예전에는 생각지도 못했던 행복을 누리며 살았다.

단순한 질투심으로 아내의 자리를 빼앗아 버린 조안나로서는 에밀리가 좋은 집에서 자기의 보잘것없는 가계를 내려다보는 것이 여간 괴로운 것이 아니었다. 조안나의 불행은 별로 사랑하지도 않은 남자를 다른 사람에게 빼앗기지 않으려고 결혼한 결과다. 졸리프는 착하고 정직했으며 몸과 마음을 다해 남편으로서의 역할을 충실히 했다. 과거 에밀리에게 가졌던 사랑의 기억은 젊은 시절의 한 충동에 불과한 것으로 접어두고 조안나에게 최선을 다했지만, 그녀는 만족하지 못하고 불만만 늘어놓았다. 졸리프는 할수 없이 두 아들을 데리고 돈을 벌기 위해서 다시 바다로 나갔다.

시간이 흘러 배가 마땅히 돌아와야 하는데 배의 그림자도 보이지 않았다.

점점 생활이 궁핍해진 조안나가 에밀리의 집에 머물게 되지만 그는 젊은 시절 자신의 양심을 저버린 대가라는 생각을 하며 절망에 빠지고 만다. 조안나는 도움을 주려는 에밀리의 마음을 번번이 거절한다.

어느새 조안나의 머리가 희끗희끗해지고 이마에는 깊은 주름이 패고 몸은 깡말라 허리마저 구부정해졌다. 모든 사람이 졸리프가 영원히 못 돌아올 곳으로 갔다고 여겼지만 불쌍한 그녀는 돌아오지 않은 남편과 아들을 기다리며 점점 정신을 잃어가고 있었다.

에밀리가 졸리프와 결혼했더라면 조안나처럼 불행했을까 생각해 본다.

결혼 생활에서 조안나가 바라는 것은 타인의 부러움이고, 졸리프가 구하는 것은 현재의 아내인 조안나의 행복이었다. 이들 사이에 서로에게 불행과 행복의 선이 너무나 뚜렷하게 그어졌다. 불행한 가운데 행복하거나 행복한 가운데 불행은 거의 존재하지 않는다. 때문에 작품 속에서 극적으로 묘사되어 있는 작가의 사상은 행복과 불행의 논리를 분명하게 가지고 있다는 것을 보여준다.

성격은 인생의 다리라는 말이 있다.

질투심 때문에 친구의 애인을 빼앗아 결혼한 여인, 그 여인의 행동은 숙명처럼 그 대가를 지불하며 인생의 다리를 걷고 있었다. 결혼 이후에 자식을 낳고, 행복하게 살아가던 여인이 자신의 처지에 만족했더라면 행복을 가질 수 있었을 것이다.

이 작품은 우리가 살아가는 과정에 연습은 없고 실천하고 사는 것이 최선이며 인생에서 두 번의 기회는 어렵다는 사실을 깨우쳐 준다.

토마스 하디는 이야기꾼이다.《테스》에서도 인간의 본성은 타락을 얼마든지 불러올 수 있다는 이야기를 해주고 있다. 주정뱅이 아버지의 무지하고 순진한 어머니, 이런 동생을 가난에서 벗어나게 하기 위해서 먼 친척인 부잣집 일을 거들러 찾아갔다가 바람둥이 알렉에게 순결을 잃고부터 테스의 불행이 시작되었다. 얼마든지 절제된 이성으로 자신을 다스릴 수 있지만 때로는 단편적 판단으로 불행한 삶을 살아야 할 때도 있다. 그녀의 삶은 스스로 내린 결정으로 살아온 것이 아니라, 보이지 않는 힘으로 움직여지고 있었다. 불행에서 벗어나 행복하기 위해 풀어놓은 솔직성의 고백이 암울한 절망에서 더 이상 탈출구를 찾을 수 없는 결과를 가져왔다. 현실과 이상은 분명 다르다. 테스는 결국엔 알렉을 살해하고 교수형을 당하게 된다. 제대로 반항 한 번 못하고 당하기만 했던 테스의 불행이나 자신의 선택으로 불행해진 졸리프의 인생은 작가의 분명한 숙명논적 인생관이 깔려있다.

　토마스는 이야기꾼다운 분위기와 함께 삶의 슬프고 가슴 아픈 감정인 연민의 정을 자아내게 한다. 진정한 사랑은 마음으로 말하는 것이라는 사실과 행복과 불행의 의미가 무엇인지를 분명하게 그려내는 작가다.
　'인생은 흘러가는 것이 아니라 채워지는 것이며 우리는 하루

하루를 보내는 것이 아니라 내가 가진 무엇으로 채워 가는 것이다.'라는 조 러스킨의 말이 생각난다. 결코 운명 앞에 자유로울 수 없는 것이 인생이라는 토마스 하디의 이야기에 귀를 기울이며 책장을 닫으니 운명의 신이 인간을 희롱하는 것이 아닌가 하는 의문이 든다.

어디서부터 왔을까

봄의 향연은 무지개처럼 어여쁜 꽃들을 피우며 시작한다.

부르지 않아도, 애타게 기다리지 않아도 어디선가 새색시처럼 사뿐사뿐 걸어오는 봄은 무엇에 홀린 듯 우리네 가슴을 뒤흔든다. 이 화려한 봄의 초대에 발걸음은 가벼워지고 마음은 어디로든 밖으로 나가야 할 것 같은 조바심에 한껏 들뜬다.

그러나 2020년의 봄은 꼭꼭 닫혀있는 문 안에서 한숨을 쉬며 멍한 눈동자를 하고 초조한 마음을 달래며 지낸다. 어디서부터 왔을까?

코로나19 라는 놈이 어느 순간 무서운 존재로 우리를 침범했다. 이 무섭고 두려운 순간들은 신이 인간에게 내린 형벌인지도 모른다. 코로나19란 무서운 재앙은 우리에게 무엇을 가르치려고 온 것일까? 이 재앙은 직업, 인종, 지식, 나이, 문화, 경제에 상관없이 세상의 모든 사람에게 평등하게 찾아왔다. 어쩌면 모두가 평등하다는 것을 일깨워 주고, 세상을 가볍게 자기식대로 판단하지 말라는 신의 경고인지 모른다. 그저 대수롭지 않다고 생각했던 코로나19가 세상을 온통 뒤집어 놓고 말았다. 공장이 문을 닫고, 집 앞 상가도 문을 닫고, 가족과 친한 친구를 이 병으로 떠나보내게 될지 모른다는 두려움의 시간이 지나고 있다.

하루에도 수많은 사람이 죽어가는 것을 보며 인간이 얼마나 나약한지를 생각한다. 코로나19는 모든 삶을 어둠으로 잠식해 가고, 병과의 싸움은 막막하고 위협적이다. 병원은 비상사태이고 이 무서운 질병 때문에 숱한 의사와 간호사들은 몸을 아끼지 않고 현장을 지키며 묵묵히 감당하고 있다. 이들 덕분에 생존의 위험을 느끼면서도 우리는 하루하루를 잘 버티고 있다. 총 없는 전쟁터에서 구슬땀을 흘리는 숨은 영웅들이 분주하게 환자들과 씨름하는 모습은 존경스러우며, 고마움과 미안함이 가슴을 먹먹하게 한다.

세상은 혼자서만 살아갈 수 없으니 더불어 사는 삶이 얼마나 소중한가? 우리는 서로 연결되어 누군가에게 영향을 미치며 나 역시 누군가에게 필요한 사람이라는 자존감을 느끼게 한다. 세상에 질병으로 고생하며 살아가는 사람의 괴로움을 더욱 알겠다.

눈에 보이지도 않는 바이러스 때문에 만물의 영장이라고 자부하는 70억 인류가 벌벌 떨며 모든 생활의 제재를 받고 바깥출입도 못 하고 있다. 마스크로 입을 막고 얼굴을 가리고, 서로 마주

보지도 못하고, 거리를 두고, 집안에만 있어야 하니 이런 코미디가 세상에 또 있을까? 그러나 코로나는 재앙이 아니라 우리가 잊고 살아온 서로의 존중과 사랑이 얼마나 중요한지를 가르쳐주기 위한 교훈이 될 수도 있다. 마스크 두 장을 사기 위해 한시간 이상 차가운 바람 속에 버티며 기다리다 사지도 못하고 돌아서는 기분이 참으로 묘했다. 누구를 탓할 수 있을까? 세계 여기저기서 사람이 짐짝처럼 버려지고, 부모가 소천을 해도 얼굴 한번 뵙지 못하고 보내드려야 하는 어이없는 세상, 문상도, 결혼식 축하도, 친지들의 만남조차도 맘대로 할 수 없는 세상이 되어버렸다.

잠을 설치고 고단한 몸으로 위생복을 입고 여기저기 뛰어다니며 환자를 돌보는 의료진은 또 무슨 죄인가.

이런 상황이 만들어진 세상이 야속하고 원망스럽지만, 힘을 합쳐 이 순간들을 잘 견디어 나가야 할 것이다. 이 무서운 재앙은 어디서부터 무엇 때문에, 우리 곁으로 슬그머니 와서 인류에게 이렇게 힘든 시간을 주고 있을까?

우리가 사는 이 세상은 지금 어디로 가고 있는지….

2021년 봄

2부
오솔길 단상

평화로운 일상이 얼마나 고맙고
감사한지를 깨닫는다.
전쟁은 육체를 깨부술 수 있지만,
인간의 영혼까지는 깨부술 수 없다.

❝ 유형이던 무형이던 기다리는 대상이 없다면 인생이 얼마나 삭막하겠는가? **❞**
나는 사랑하는 이들을 기다리고 만나며 계절의 변화에서 신비와 감동을 느
끼고 어제보다 더 나아진 오늘에서 행복을 찾는다.

고향의 숲

　하얀 새벽이 문을 연다. 텁텁한 도회의 그림자가 아침 여명에 몸을 숨긴다. 아침은 누군가 밤을 새워 세상을 맑게 포장해 놓은 선물 같다. 내가 원하든 원하지 않던 세상도 고향도 계속 변해 가는데 지금 내 고향에는 무엇이 사라지고 무엇이 남아 있는지….

　가끔 혼자 따끈하게 마시는 커피잔 속에 고향의 정경들이 살아 움직인다. 갑자기 시간의 수레가 거꾸로 돌아가며 고향 풍경들이 성큼성큼 커피잔 밖으로 걸어 나온다.

　행복해서 호들갑을 떨며 웃고 울고 뛰놀며 미래의 큰 꿈을 키우던 곳.

　언제든 다시 돌아가 응석을 부릴 수 있는 유일한 곳이 내 고향의 숲이다.

　흰 눈이 오면 초가지붕 앞마당에 작은 눈사람 하나가 빨강 목도리와 다 해어진 벙거지를 눌러 쓰고 지팡이에 몸을 기대고 서 있다.

창호지 문틈으로 눈사람을 바라보던 꼬맹이가 흐뭇한 웃음을 짓는다.

손이 꽁꽁 얼도록 눈을 굴리고 굴려서 만든 눈사람은 훗날 아무리 힘들고 지쳐도 눈을 굴린 만큼의 보람을 얻을 수 있다는 것을 가르쳐 주었다. 하지만 애써 만든 눈사람이 내리쬐는 햇살에 눈물을 흘리며 다 녹아버리는 모습이 안타까워 발을 동동거리던 꼬맹이는 너무 일찍 어쩔 수 없는 이별의 아픔을 알게 되었다.

시골집 담벼락에 붙어있던 담장이 덩굴 하나도 나의 소중한 추억이다.

고향은 봄 햇살처럼 정이 따습게 피어나는 이웃들과 함께 살던 곳, 흙먼지 풀풀 날리던 길 위에서 뛰어놀고 황토물에 젖은 운동화를 신고 마냥 걷던 오솔길, 미끄럼 타던 산비탈, 제비꽃과 샛노란 아기똥풀, 자분자분 피어나고 햇살이 열매를 맺게 하던 논밭.

푸른 고향의 숲이 내게 이 세상은 함께 살아야 하는 거라고 가르쳐주었다.

뒷동산 산 부엉이 울음이 밤의 전설을 노래하는데 동산에 피어 있는 진달래로 꽃다발을 만들어 내게 내밀던 그 머슴아의 해

맑은 웃음은 무슨 뜻이었는지…

나락이 누렇게 익어 가던 논두렁에서 수수 알을 까먹으며 참새 떼를 쫓던 어린 나.

마음껏 높이 뛰던 고무줄놀이에 시간 가는 줄 몰랐다.

저수지의 석양이 소나무 가지 사이로 노을을 안고 하루가 저물어 가던 고향의 숲, 그리고 어머니의 따스한 사랑과 초가집 모퉁이 작은 골목이 소녀를 예쁘고, 순연하게 자라게 했다.

서로 웃으며 마주치던 동네 사람들이 내 마음에 평안을 주었지만, 가끔씩 도시로 향한 탈출을 꿈꾸며 살았던 곳, 고목이 된 나뭇가지가 영면한 엄마의 모습을 닮아서 더욱 그리움으로 가슴 태우게 하는 곳, 그러나 지금은 고향 숲도 기억의 상류에서 하류로 흘러내려가 머릿속에서 점점 아득해지고 있다.

고장 난 저울

1) 행복

행복의 분량은 좋거나 나쁨으로 계량되지 않는다. 사회적 위치나, 지적 수준, 경제적 능력이나, 사회적 위치가 높을수록 행복의 양이 많아진다는 법이 없다. 명예를 얻었다고, 재물을 많이 소유했다고, 지적 수준이 높다 해서 행복의 양이 흡족해지는 것은 아니며 행복은 나중에 두었다 쓰기 위해 저축할 수 있는 것은 더더욱 아니다.

81세의 이매방 씨는 6년 전 암 수술을 받고 58kg이던 몸무게가 45kg으로 줄었으나 서울과 목포를 오가면서 후학들을 가르치며 크고 작은 무대에서 공연을 했다. 그는 자신의 춤이 살아 있다고 느낄 때, 정말 행복하며 춤을 추는 보람을 느낀다고 했다. 언제나 하고 싶은 일을 하고 만나고 싶은 사람을 만날 수 있다는 이매방 씨는 참 행복한 분이다.

무엇인가 할 수 있다는 자신감으로 사는 것이 행복할 줄을 아는 사람의 필요조건인 것 같다.

현실에서 만족을 못 하고 비현실적인 방향으로 가려 한다면 횡재나 야합에 편승하게 되는 수가 있다. 이런 경우 행복을 잠시 느끼겠지만 곧 좌절과 절망의 늪에 빠진다. 행복은 결코 절댓값에서 안전할 수가 없다.

매사 긍정적인 마음이 행복을 만들어 주는 것 같다.

사람이 살면서 누군가를 기다린다는 것, 그 기다림 속에 행복이 숨어 있다.

유형이던 무형이던 기다리는 대상이 없다면 인생이 얼마나 삭막하겠는가?

나는 사랑하는 이들을 기다리고 만나며 계절의 변화에서 신비와 감동을 느끼고 어제보다 더 나아진 오늘에서 행복을 찾는다.

남을 먼저 생각할 줄 알고 욕심과 고집을 버리고 서로 용서하고 사랑하면서 사는 것, 나눔의 여유와 이해의 넉넉함으로 구원이 완성될 때, 행복의 양은 배가가 될 것이다.

행복은 아무리 나누어 주어도 그 양은 절대로 줄어들지 않는다.

2) 거짓말

요즘은 텔레비전을 보거나, 신문을 읽기가 두렵다.

코미디(comedy)보다 더 코미디 같은 세상에 서민들이 우울증에 걸릴 지경이다. 전염병처럼 번지는 거짓말 놀이는 보기에도 어처구니가 없다.

사람이라면 남에게 부당한 피해를 주지 않고 사는 것이 상식이다. 그러나 남에게 부당한 피해를 주면서까지 부와 권세를 쌓고 자신의 이익만을 추구하는 이들의 뉴스가 우리들을 슬프게 한다.

거짓말은 무의식적인 거짓말과 의식적인 거짓말로 구별할 수 있다.

거짓말이란 말하는 본인이 진실과 다르다는 것을 의식하고 있지만, 병적일 경우에는 그런 의식조차 전혀 없다고 한다.

아무 뜻 없이 한 거짓말은 돌고 돌아 언젠가는 자신에게 되돌아온다.

타인에게 무시당하기 싫어서, 인정을 받고 싶어서 한 거짓말은 자타 모두의 인격을 소멸시키는 무서운 독이 됨에도 자신이 불이익을 당할까 봐서 하는 거짓말이 난무하는 세상이다.

거짓말을 할 때 느끼는 감정은 죄책감이나 두려움보다 정반대의 쾌감도 있다 한다. 거짓말을 할 때 불안한 마음이 올라오는 것은 일말의 양심이 있기 때문이다. 거짓말을 하고 나서 후회하지 않으려면 어렵더라도 항상 바른 생각과 깨끗한 행동으로 살아야 한다.

3) 회개

회개는 죄를 미워하는 마음의 변화와 죄에서 떠나는 생활의 변화를 말한다. 회개는 지난날의 잘못을 만성하고 용서를 구하고 마음과 정신과 행동이 죄에서 돌아서는 것이다. 회개는 어느 순간 한 번에 끝나는 것이 아니고 평생 지속적으로 이어져야 한다. 해서 항상 나 자신을 먼저 보아야 한다.

자기 자신을 본다는 것은 중요한 인식 행위지만 마음이 깨끗해야 자신을 바르게 볼 수 있다.

사람이란 존재는 자기가 보고 싶은 것만 보고 자신이 생각한 대로만 본다고 한다. 생각이 다른 곳에 있으면 눈앞에 있는 사실을 올바르게 보지 못할 때가 많다. 자선은 이웃을 내 몸처럼 사랑하고 이웃의 아픔을 내 아픔처럼 여기는 자비심에서 비롯된다. 도움이 필요한 이웃은 항상 우리 곁에 있는데 그들의 아픔을 알아도 모르는 척, 보고도 못 본 척, 들어도 못 들은 척하는 눈멀고 귀먹은 이와 다름없는 냉혹한 세상사를 보면 마음이 어두워진다. 이것이 내 탓이 아니라 세상 탓이라고 변명을 해보지만 나 역시 이들을 저버리고 무정한 사람으로 살아가는 것은 아닌지 깊이 회개한다.

고장 난 저울은 진실의 무게를 속인다. 뼈아픈 회개보다 먼저 내 마음속 저울에 고장 난 부분은 없는지 살펴야 하겠다.

중국의 차茶

　자연으로 돌아가고 싶거나 오지를 탐방하고 싶으면 운남성으로 가라고 했다. 사계절 꽃이 피어 '꽃의 도시'라는 별칭에 맞게 12월인데도 곤명에는 수십 종의 꽃들이 도시 전체를 아름답게 장식하고 있었다. 수억 년 지구의 침식과 풍화로 일궈낸 자연이 준 최대의 경관 석림, 옥룡산의 맑은 만년설이 있고, 500년 역사가 고스란히 남아 있는 고전적 분위기인 리장의 거리가 있다. 휴식의 도시 대리는 고즈넉한 자연과 순박한 원주민들의 꾸밈없는 삶이 있었다. 중국 여행지에서 만난 색다른 문화는 시간이 멈춰버린 듯했다. 문득 내게 잊고 살았던 고마운 것들, 사랑스러웠던 것, 행복을 부여해 주었던 일상들이 꿈을 꾸듯 가슴으로 다가왔다.

　중국의 다경茶經에 있는 신농神農의 식경食經에서 '차는 오래 마시면 사람으로 하여 힘이 있게 하고 마음을 즐겁게 한다.'라는 구절이 있다. 또 신농이 백 가지 풀을 맛보며 매일 72가지의 독을 발견했는데 차로써 그것을 모두 해독했다는 전설이 있다. 이

는 차 옆 중의 포리페롤과 독초의 독성분이 결합하여 해독작용
을 하고 카페인 성분이 강심제로 작용하기 때문이다. 차를 마시
면 뇌를 자극하여 정신을 맑게 하고 피로 회복과 기억력, 판단
력을 높여 정신을 맑게 한다.

　중국에는 '아침에 차를 마시면 하루 종일 위풍당당하고, 정오
에 차를 마시면 하는 일이 즐겁고, 저녁에 차를 마시면 피로가
가신다.'라는 속담이 있다. 중국인들에게는 오감五感을 동원해야
만 제대로 맛을 감상할 수 있다는 차는 건강에 직접적인 영향을
주는 민간의 특효 비상약이다. 휴식과 마음을 안정시켜주는 차
를 마시는 것이 중국인들의 일상에서 빠뜨릴 수 없는 문화 덕분
인지 당당하고 여유로운 모습이 부럽기까지 하다. 쫓기듯 숨 막
히게 달리며 사는 우리의 일상이 조금은 안타깝게 떠올랐다.

　운남성에는 중국의 56개 민족 중에 26개 소수민족이 아직 모
계 사회문화와 고유의 언어를 쓰며 살아가고 있다. 척박한 대지
에서도 여유롭고, 세상에 물들지 않고, 소박하고 순수한 삶을 살
아가는 이들에게서 맑은 마음을 본다. 성급하지 않은 부드러움
으로 차의 역사와 문화를 설명하는 모습에서 나는 마음의 쉼을
얻는다.

　운남성 차는 주로 소수민족이 만든 보이차푸얼차가 유명하
다. 보이차는 흑차로 흙의 이미지를 연상시키는 맛과 향이 부드

럽게 우러나 구수한 맛이 퍼져 대지의 느낌이 난다. 차 시장에
는 벽돌 모양의 전차. 빈대떡 모양의 병차, 버섯 모양의 긴차, 멋
스러운 통에 담겨있는 수십 종의 차가 있다. 많은 차 중에 마음
에 드는 것을 찾는다는 것은 그리 쉬운 일이 아니다. 녹차의 상
큼함, 백차의 단아함, 황차의 부드러움, 청차의 구수함이 있다,
홍차의 향긋함, 흑차의 깊은 맛, 화차의 화려한 맛을 느낄 수도
있다. 차는 시간과 장소 따라 얼마든지 다르게 맛과 멋을 즐길
수 있는 건강에도 좋은 기호 식품이다. 우리나라와 일본은 찻잎
이 작은 소엽종의 차나무가 많아 주로 녹차가 발달했다. 중국은
대엽종의 차나무가 많아 발효차가 발달했다. 사실 중국 차茶를
안다는 것은 중국을 아는 것만큼 어려운 것이다. 거대한 땅에서
자라는 차나무에서 생산되는 차의 종류는 수도 없이 많다.

　소란스러운 중국인들과 함께 여행하면서 동생의 통역으로 그
들 삶을 이해 한다는 것은 욕심일 것이다. 조금은 우리와 다른
문화로 부지런하고 성실하게 살아가는 그들과 함께하는 시간은
또 다른 즐거움이었다.
　하루에 여러 번 차를 판매하는 장소에 들려 시음을 하고, 많은
종류의 차를 구매했다. 그들은 자랑이자 명물이며 보편화된 음
료인 차를 우려내어 각자 병에 담아서 다니며 마신다. 차 시음
장에 들렀을 때 수많은 차와 찻잔은 중국인들이 얼마나 차를 사

랑하고 즐기는 민족인지 느낄 수 있게 한다.

조금은 투박한 도자기 잔에 차를 마시는 내게 얄팍하고 앙증 맞은 잔의 오밀조밀함이 어리둥절하게 했나.

우리 자매는 각자의 성격에 맞는 찻잔과 차를 구매했다. 나는 입안에 부드럽지만 은은한 난蘭향의 강렬한 느낌과 구수한 맛을 주는 월광백차를 구매했다. 월광백차는 이슬을 먹고 자란 대엽종의 1아 1옆을 따서 열을 가하지 않고 바람에 자연건조 시킨 차다.

창밖에는 나뭇가지들이 바람에 몸살을 하며 가을옷으로 갈아입고 있다. 곤명에서 사 온 오랫동안 묻어두었던 찻잔을 내어놓는다. 흙빛에 백옥같이 흰 속살이 있는 잔에 붉고 푸른빛을 띤 차를 마신다. 찻잔의 따사로움이 온몸을 나른하게 녹이자 나는 오지로의 여행을 다시 꿈꾼다.

풀리처 상(언론의 노벨상)

빗방울이 쏟아지는 여름날 오후 예술의 전당은 고즈넉하다.

사람의 북적임을 피하고 싶었는데 오히려 더 혼잡스러운 분위기에서 관람을 해야 했다.

어른이나 아이 할 것 없이 수많은 사람이 기다림과 전쟁을 치르며 들어선 전시장 안은 아수라장이었다. 북적이는 사람들 틈에 고개를 내밀고 한 시간도 넘게 기웃거리던 역사의 순간을 마주했다.

풀리처상은 미국을 대표하는 언론인 조지프 퓰리처가 컬럼비아 대학에 2백만 달러를 기부하며 시작되었다. 언론의 노벨상이라고 할 수 있는데 문학, 음악, 언론 부분에 위대한 업적을 올린 사람들에게 매년 주어지는 상이다.

"잘못된 일을 두려워해서는 안 된다."

"더 이상 바랄 수 없는 최고의 경지."

"당신을 웃거나 울거나 가슴 아프게 한다면 그 사진은 제대로 된 사진이다."

순간의 진실을 포착한 역사적 사진을 찍은 기자의 수상소감
이다.

사진들은 아름답거나 멋진 장면들보다 전쟁이나 사건 사고에
관한 것으로 쉽게 찍을 수 없는 숨 막히는 현장들이다.

대부분 죽음의 갈림길에서 시체들이 나뒹굴고, 생명의 위협을
느끼는 안타까운 순간들, 그 반대로 활짝 미소를 짓게 하는 장
면들도 있다. 구조해야 하는 상황에서도 구조보다는 카메라를
들고 셔터를 누를 수밖에 없는 결단決斷을 내려야 하는 기자와
사진작가들의 애환이 감동과 울분을 동시에 느끼게 했다.

앙상한 뼈마디 위에 겨우 가죽을 덮고 있는 모습에서 죽음의
정적이 흐른다. 물기 한 방울 찾아볼 수 없는 곳, 실낱같은 숨을
토해내고 있는 아이와 그 아이가 손에 쥔 풀 한 포기, 그리고 멀
리서 아이를 기다리는 검은 독수리의 날카로운 눈빛, 이것이 동
아프리카의 무자비한 기근의 참혹한 사진이다.

"아이를 안아주지 못해 너무나, 너무나 미안했다."라는 케빈
카터는 사진을 찍고 주저앉아 엉엉 울었다고 한다. 이 사진을
찍은 후 독수리를 멀리 내쫓았지만, 그 아이를 안아주지 못했다
는 케빈 카터는 사진이 보도된 후 많은 사람의 질타와 비난을
받았다. 아이를 구하지 못해 늘 미안해하던 그는 그해 7월 서른

세 살의 나이로 고통을 이기지 못하고 결국 자살을 했다.

　그런 사진들 앞에서 나는 온몸에 전율을 느끼며 오랫동안 서 있었다.

　아프리카에서는 취재하러 온 기자에게 질병으로부터의 보호를 위해 함부로 아이를 안거나 만지지 말라고 당부를 한다고 한다. 죽거나 상처 입은 아이들, 미쳐 날뛰는 사람들, 총구를 겨누고 있는 상황에서 결국 방아쇠가 당겨지는 장면이 있다. 그러기에 퓰리처상을 받은 작가 중에는 스스로 목숨을 끊거나, 다시 종군현장으로 나가 살해를 당하는 경우도 많다고 한다.

　선글라스를 쓴 채 총을 들고 환하게 웃고 있는 군복차림의 청년들을 담은 사진 아래 적혀있는「이성을 잃은 사형집행자들」이란 제목은 인간이 어디까지 잔혹할 수 있는 것인가를 생각하게 한다. 이 사진들이 지금도 어느 곳에선가 벌어지고 있을 인간의 잔인성과 생존본능과 인생의 허무함을 알게 해주는 역사적 사실이라는 것에 소름이 돋는다.

　물론 퓰리처상이라고 해서 다 잔혹한 사진만 있는 것은 아니다. 윌리엄 비얼 기자가 찍은「신념과 신뢰」나「바르셀로나 올림픽의 환희」,「춤추는 옐친」의 모습「사명을 띤 남자 버락 오바마」등은 무척 희망적이고 아름다운 장면들이다. 클린턴이 선거

유세 중에 어린아이와 눈높이를 맞추며 이야기를 하는 「가벼운 대화」는 상대방이 자기 자신을 중요한 사람으로 인식하게 하는 클린턴의 인간적 심성을 느낄 수 있어서 오래도록 기억에 남을 것 같다.

사진 속에 담겨있는 기쁨, 슬픔, 분노와 울분은 전적으로 그것을 보는 관람자들의 몫이기도 하다. 이 역사의 순간을 찍은 기자들은 사진을 위해 자신을 버려야 하는 순간도 있었을 것이다. 퓰리처상 작품전은 나에게 그들의 사명감과 인류애의 면모를 다시 한번 생각하게 해주는 커다란 계기가 되었다.

"사진 기자란 목숨을 걸고 오지로 떠나는 선교사."라 했다.
〈생명의 키스〉는 감전된 동료를 인공 호흡하는 전선 기술자의 모습이다. 인종차별과 한국전쟁, 유난히 많았던 화재사건, 베트남전, 세계 곳곳에서 벌어지고 있는 전쟁, 학살, 테러의 모습들은 눈시울과 가슴을 뜨겁게 하는 장면들이었다. 너무나 유명해서 누구나 한 번쯤은 본적이 있을 법한 사진도 있고 잘 알려지지 않은 작품과 가슴을 뭉클하게 하는 사진들도 많았다. 이 사진들이 세상을 더 깊고, 넓게 이해할 기회를 만들어 주었다.

문득 평화로운 일상이 얼마나 고맙고 감사한지를 깨닫는다.

전쟁은 육체를 깨부술 수 있지만, 인간의 영혼까지는 깨부술 수 없다.

조금은 답답한 가슴으로 퓰리처상 사진전을 관람하고 나오는 발길은 절망과 희망을 오가는 야릇한 기분이었다.

오솔길 단상

  주제를 알고 산다는 것이 쉬운 일은 아니다.

  시골 작은 마을에서 호롱불을 곁에 두고 살던 어린 나는 도시로 나가겠다는 막연한 꿈이 내 삶의 전부였다. 화려한 꿈의 궁전이 있을 것 같은 서울에 대한 상상은 신세계에 대한 동경이었다.

  여고 시절에 도시로 나오면서 동생과의 동거는 큰딸이란 이름으로 내가 대리 엄마 노릇을 해가며 학창 시절을 보내게 했다. 내 꿈을 뒤로하고 주부 같은 일상생활에 몰려 살다 보니 어느새 내가 정말로 엄마가 되어 있었다.

  결혼해서 시부모님을 섬기고 남편과 아이들을 돌보며, 가까이 있는 시댁 형제들과도 어울리다 보니 나도 모르게 나를 잊은 채 살고 있었다. 다람쥐 쳇바퀴 돌 듯 막연한 나날은 가슴을 답답하게 하였지만, 나는 나름대로 최선을 다하며 살았다.

  30여 년 넘게 함께한 시어머님이 세상을 떠난 후 이어서 친정 부모님이 소천을 하시자 큰 허무감이 달려들었다. 효를 다 하지는 못했더라도 할 수 있는 일, 해야만 했던 일들이라도 최선으로 했더라면, 떠나시고 난 후 못다 했던 일들만 떠오르지는 않을 것이다.

이때 우울한 나를 추스르기 위해 손에 잡은 몇 권의 책들이 오직 위로가 되어 주고 아픔을 덜어주는 유일한 벗이 되었다.

크로린 작품 속의 인간에 대한 깊은 사랑과 인내, 청빈과 용기를 흠모했고, 사랑에 의해서만이 목적을 달성할 수 있다는 톨스토이와 토머스 하디를 좋아하며 그들의 작품에 몰입했다.

그들처럼 내 길을 찾아야겠다는 생각으로 문학에 도전을 했다. 중년의 문학, 관조의 문학을 통해서 나를 성찰하고 그 성찰을 통해 나 스스로 지혜를 얻고 싶었다. 그리고 내 글이 독자들에게 문득 꺼내 보고 싶은 옛 사진첩처럼 반가운 글이었으면 하는 바람으로 산통을 겪으며 그간 두 권의 수필작품집을 출간했고 이번 출간이 세 번째다.

내 작품세계는 초가집 울타리 밖에 커다란 잎을 매달고 서 있던 연보라 통꽃 오동나무처럼 자신을 내세우려 하지 않아도 그윽하게 향기가 퍼지거나 결이 곱고 아름다운 무늬를 품은 나무처럼 우아하고 은근했으면 하는 소망이 있다.

산들바람에 가녀린 꽃대가 흔들리는 능선을 따라 걷던 길에서

걸음을 잠시 멈추고 삶을 뒤돌아보는 회상의 고향길, 화려하거나 번잡한 도시의 너른 아스팔트 길이 아니라 서정적 감성이 흐르는 좁고 호젓한 길, 나지막한 능선의 굴곡진 오솔길은 내 삶의 곡선과 많이도 닮았지만, 내 작품도 독자들에게 숲속 오솔길이 되기를 간절히 바란다.

L.A. 해외심포지엄

만남은 인간이 살아가는 동안 중요한 요인이 된다.

더욱이 이국의 땅에서 문학의 길을 함께 가고 있는 작가들과 만남이라면 그 반가움은 이루 말할 수 없다.

한국 수필가 협회 해외심포지엄에 참석하기 위해 미국 L.A에 갔다.

미지의 세계에 대한 환상으로 한껏 기대에 부풀어 있었다. 더욱이 그들이 이 땅에서 만나는 내 조국의 형제들이라는데 더한 기쁨이 있었다.

맑고 깨끗한 하늘, 강렬한 태양, 드높은 건물들이 즐비한 거리를 지나 L.A 시내로 들어섰다. 밝고 환한 모습으로 환영해주는 미주 수필가들의 환영을 받으며 간단하게 시내 관광을 했다. 미국이란 거대 사회에서 뿌리를 내리고 살아가는 동포들이 이 도시를 빛내고 있었다.

세미나에 참석하기 위해 서울에서 온 한국 작가들은 L.A. Wilshire Grand Hotel로 향했다. 미주 한국문인협회 회원들과 함께 '수필에서의 사실성과 문학성'에 대한 심포지엄이 시작되었다.

이철호 이사장님의 인사말과 미주 회장 김찬동 선생님의 환영사, 뉴욕 수필가 협회 지회장인 이영주 선생님의 환영 인사가 있었다.

주제 발표는 한영자 작가의 '수필에서의 사실성과 그 문학적 본질'에 대한 것이었다. 수필에서의 허구는 절대로 용납할 수 없다는 견해와 수필에도 허구는 용납되어야 한다는 주장에 관해 설명했다. 총체적으로 허구는 허락되지 않지만, 양념에 비유하여 한두 구절쯤은 허구가 들어가도 무방하다는 이론적 뒷받침의 연구가 시급한 과제라고 주장하였다.

김영웅 작가의 '수필의 사실성과 허구성 배제의 한계', '수필에 있어서 사실성과 문학성'에 대한 발표가 있었다. 수필은 일상적인 체험이 소재가 되기 때문에 내용이 사실이어야 하고 일상에서의 독특한 체험을 시발점으로 형상화 및 의미화하는 작업이 바로 수필 창작이라는 것이다. 이를 주제로 질의와 답변이 이어지며 화기애애하게 진행되었다.

세 시간 동안 세미나가 끝나고 그곳 수필가들과 저녁 식사를 하면서 서로의 우애를 다졌다.

호텔로 돌아오는 차 속에서 기사가 던진 한마디가 생각난다.

"우린 똑똑한 바보들이지요."

늘지 않는 영어, 잊혀 가는 한국어, 방향도 의미도 없는 것 같은 생활의 연속 속에서 돈을 많이 벌어 잘 살아야지 하는 생각들로 아픔이 크다는 것이다.

그들이 얼마나 열심히, 힘들게 살아가고 있는지 연민의 정이 가슴 찡하게 한다. 그래도 이국의 하늘 아래 코리아타운을 이루고 사는 이들에게 경의를 표한다. 기사의 말을 듣자 이 도시가 갑자기 거대한 모습으로 보이는 것은 내 조국과 내 형제에 대한 사랑 때문일 것이다. 저마다 사연을 안고 살아가는 L.A 한인 타운에는 백인들이 거의 보이지 않았다. 대부분이 동아시아인들이었으며 한국인이 압도적으로 많았다. 아리랑 자전거, 도라지 미장원 등등 한국어 간판들이 즐비한 한인 타운이 너무나 익숙해서 일행은 옛날 경기도 변두리 같다며 웃었다.

사막의 땅에다가 물을 끌어들여 옥토로 바꾼 힘, 옥토 위에 거대한 도시를 건설한 저력을 볼 수 있는 곳. 이백 년의 짧은 역사로 미국이 세계의 선두에 오른 문명의 근원은 어디에 있는 것일까.

사막 길을 달려 라스베이거스로 향했다.

차창을 통해 사막의 강렬한 태양이 들어온다. 죽음의 계곡일 것 같은 사막에 그래도 작은 풀들이나마 여기저기 푸릇푸릇

살아있기에 죽음이 아니라 생명을 이어가는 땅이라는 생각을
했다.

　마스토우로 향하는 실은 한여름의 열기로 몸살을 하고 있었다.

차와 동정

    행복은 돈으로 살 수 없는 비매품이다. 그러나 마음만 먹으면 누구나 만들어 낼 수 있는 발명품이기도 하다.

    행복해지기 위해 생활의 활력소를 찾아 동창들과 가끔 영화 감상을 하며 즐긴다. 영화를 잘못 선택하면 후회를 하며 돌아설 때도 있지만 오늘은 성공적인 선택을 했다. 뛰어난 심리 묘사와 사회적인 문제를 제시해 주는 영화 '차와 동정'을 보았다. 사랑의 계절 봄을 맞아 어긋난 사랑에 힘들어하는 이들을 위해 잔잔한 여운이 있는 한 편의 영화를 소개해 본다.

    빈센트 미셸리 감독 데보라 커와 존 커 주연인 '차와 동정'은 나이 어린 10대 후반 소년과 기숙사 사감 부인인 30대 여성과의 순정적 사랑을 묘사한 성장영화다. 오랜만에 동창회 모임에 참석한 톰은 자신이 머물던 기숙사 이층으로 올라가 창가에 앉아 나나무스쿠리의 분위기 넘치는 사랑의 주제곡 '사랑의 기쁨'을 기타를 치며 흥얼거리다 잠시 추억의 여행을 떠난다. 바람에

휘날리는 커텐 사이로 사감부인 로라(데보라 커)가 화초를 가꾸는 우아한 모습을 내려다본다.

별난 소년 존은 또래들과 달리 스포츠나 대중음악 그리고 이성에도 관심이 없는 비활동적인 순수한 소년이다. 고전음악을 듣고, 바느질을 할 줄 알며, 책 읽기를 좋아하는 톰(존 커)은 남자답지 못하다는 이유로 왕따를 당하는 시스터보이라는 놀림을 받는 외톨이다. 우아한 미모의 사감 부인 로라는 톰에게 자상한 관심을 갖는다. 모든 사람의 놀림감이 되는 톰 역시 유난히 자신에게 잘 해주는 로라를 연모한다. 톰과 로라는 가슴 한구석의 허전함을 서로 보충해 주는 존재이기도 하다. 이 세상 대부분의 사람은 호의와 애정을 동정과 연민으로 함께 가지고 있다.

하숙집 주인의 젊은 아내 로라는 혼자 생각하기를 좋아하는 톰의 처지를 알고 그를 도와주려고 한다. 로라는 죽은 자신의 첫 남편과 닮은 톰에게 남다른 이성을 느낀다. 싸늘한 남편에게 위안을 받지 못하는 허전함은 톰에게 '차와 동정'을 주는 정도로 가까이 다가간다. 로라는 거칠고 지나친 씩씩한 까도남보다는 친절하고 자상함이 있는 톰에게 관심을 가지고 애정을 쏟는다.

뛰어난 심리 묘사와 사회적 문제를 제기해 주는 영화는 톰을 통해 성장기 소년과 원숙한 여인의 연민과 순정을 의미 깊은 대화로 풀어나가는 작품이다. 섬세하고 세련된 미모를 마음껏 보여주는 데보라 커와 죤 커의 연기가 인상적이었다. 치명적인 불륜이기보다는 순수한 사랑에 대한 연민을 담은 눈물이 어린 멜로드라마다. 빼어난 회화적 영상미를 감상할 수 있으며 율동적인 긴장감이 극 중 인물들의 감정과 절정 사이를 치밀하게 그려내고 있다.

　이 좋은 계절에 꽃이 피고 지는 줄도 모르고 인생을 산다는 것은 불행한 일이다. 계절이 오고 갈 때마다 변화를 만끽하며 사는 여유로운 삶을 살고 싶다.
　'차와 동정'에는 순수한 사랑 이야기가 잔잔한 감동으로 담겨 있어 긴 여운을 남긴다.
　아름다운 추억은 인생의 발걸음 속에 피어 있는 정겨운 그림자이다.
　언제든 꺼내 볼 수 있는 예쁜 사랑 하나 가슴에 간직하고 살아가는 것도 괜찮은 인생 아닐까?

월광백차 한 잔

　기억 속에 저 멀리 있던 분에게서 갑자기 보고 싶다는 연락이 왔다. 산야초 회장님이 두루두루 안부를 전하며 같이 분재를 배웠던 분들의 소식까지 물어왔다. 헤어진 지가 30여 년이 넘은 모임이기에 연락이 되는 회원이 없었다. 나를 잊지 않았다는 것만으로도 고마운 일인데 보고 싶으니 빠른 시일 내에 만나 차 한잔하자는 것이다. 분재와 산야초를 함께 배우던 동기들이 새록새록 떠오르는데 특히 그 시절 분재를 가르쳐 주시던 선생님께 차를 대접하고 싶다.

　숲이 울창한 찻집 창가에서 달빛을 안고 도란도란 이야기를 나누며 월광백차 한잔을 대접해드리면 얼마나 좋아하실까?
　이 차는 이슬을 먹고 자라 은은한 난蘭향처럼 강렬한 느낌을 주며 마실 때 구수한 맛이 감돈다.
　차를 함께 마시며 선생님의 삶이 얼마나 새롭게 변했는지 들어 보고 싶다. 결혼이란 하얀 백지 위에 예쁜 그림을 그리며 살아가는 것이라고 말하던 분이다. 당신도 아름다운 그림을 그리며 살고 싶었는데 까다롭고 괴팍한 남편을 만나 엉망이 된 그림을 그리며 살아가고 있다고 했었다.

선생님은 분재가 생활의 활력소이며 마음의 피난처라고 했다. 분재는 엉성한 나무를 자르고 다듬어 나지막한 분에 옮겨 심으면 자연이 그대로 살아 숨을 쉬는 예술이 된다. 작은 정원인 분경을 유난히 잘하시던 선생님은 분재의 마술 손을 가진 분이다. 화분 안에 살아있는 자연을 모아 삶의 여유를 담아내는 신기는 참으로 놀랍다.

이른 결혼으로 가정이란 환경에 익숙하기도 전, 나는 두 아이의 엄마가 되고 말았다. 겨울만 되면 한해도 거르지 않고 우리 집에 와서 사시는 시 부모님으로 하여 내 삶이 조금씩 지쳐가고 있었다. 효심이 지극한 남편 덕분에 모든 가정생활이 부모님 중심으로 돌아가니 마음 놓고 외출 한 번 하기도 힘들었다. 작은 반란이 필요했던 나는 분재를 배운다는 핑계로 15년 만에 탈출구를 찾았다.

백지 위에 그려야 할 그림의 윤곽조차 찾지 못하고 허덕이고 있을 때 슬기롭고 여유로운 삶을 그리며 살아가라고 가르쳐 주시던 분이 바로 분재 선생님이다.

  '아침에 차를 마시면 온종일 위풍당당하고, 정오에 마시면 하는 일이 즐겁고, 저녁에 마시면 피로가 가신다.'라는 속담이 있다. 오감五感을 동원해야만 제대로 맛을 감상할 수 있는 차는 건강에 직접적인 영향을 주는 민간의 특효 비상약이다. 차를 마시는 시간은 마음을 안정시켜주고, 여유롭고 친근한 만남과 또 다른 새로운 만남을 만들어 주기도 한다. 쫓기듯 숨 막히게 달리며 사는 생활을 성급하지 않고 소박하고 순수하게 다독여 줄 수 있는 것이 차를 마시는 시간이다. 차에는 맛과 향이 부드럽게 우러나 구수함이 있는 보이차와 상큼한 녹차, 단아함의 백차와 입안이 부드러운 황차가 있다. 그리고 홍차의 향긋함, 흑차의 깊은 맛, 화려한 맛을 느낄 수 있는 화차 등등 차에는 여러 종류가 있다.

  차는 혼자서 마셔도 좋다. 조금은 투박한 백자 잔에 마셔도 좋고, 얄팍하고 앙증맞은 붉은 흙빛에 속살이 하얀 잔에 마셔도 좋다.

  눈으로, 향기로, 가슴으로 그리고 그리움을 따라 차는 목을 타고 넘어간다.

  사랑하는 사람과, 존경하는 분과 나누고 싶은 한 잔의 월광백차.

내일은 회장님께 내가 먼저 차 한잔하자고 연락을 해야겠다. 만나면 산으로 들로 산야초를 찾아다니고 분재를 배우던 시절을 회억하면서 마음껏 수다를 떨어 보아야겠다.

아버지의 뜰

서산에 지는 황금빛 노을을 멍하니 바라봅니다.

잔잔한 강물 위에 금빛 햇살이 쏟아지는데 그 강물 위에서 아버지의 자애로운 얼굴이 나를 바라보고 계십니다.

"너 힘이 드느냐? 내 딸아! 용기를 내어라. 슬퍼하지 마라, 인생은 아름다운 여행이란다."

언제나 바위처럼 늘 든든했던 아버지 음성이 들려옵니다.

뒷산에 부엉이 울음소리를 들으며, 진달래꽃 한 아름 가슴에 안고 사과꽃이 만발한 골목 사이를 마음껏 뛰어놀던 우리 아버지의 뜰.

커다란 감나무가 사방을 드리운 기와지붕, 촘촘히 둘러선 측백나무 울타리 안에서 올망졸망 일곱 남매가 있었지요. 아무리 떠들고 뜀박질을 해도 묵묵히 책장만 넘기시던 아버지. 다툼이 커지면 헛기침 하나로 평정시키신 아버지의 위엄을 보며 우리 형제는 꿈과 희망을 키우며 자랐습니다.

당신 덕분에 우리는 거침없이 넓은 세상으로 나갈 수 있었습니다.

"배워야 산다. 배움은 때를 놓치면 그만이다."

"한 끼 식사는 거르는 한이 있어도 배움을 거르면 안 된다. 배움은 작은 것 하나라도 훗날 큰 재산이 되어 쌓여 있을 것이다. 아무리 열악한 환경이라도 배움의 때를 놓치지 마라."

울 아버지는 세상을 너무 앞서가셔서 외로우셨던 분입니다. 온 동네 이웃들의 해결사로 사셨지만, 정작 당신은 대화상대가 없어 고독해 보이기도 했지요. 일을 마무리하시고 십 리가 다 되는 먼 길을 오실 때 논두렁 넘어 왕 솔밭 사이에서 들려오던 점잖은 아버지의 기침 소리가 지금도 들립니다.

자주 부르시던 '성불사의 밤'도 아련합니다.

–성불사 깊은 밤에/ 그윽한 풍경소리/ 주승은 잠이 들고…–

어린 내 가슴에 물안개 같은 그리움을 안겨주시던 곡조는 아직도 아버지의 뜰에서 들려옵니다.

존경받는 교육자로 남의 험담을 입에 담은 적 없이 화낼 줄을 모르시고 많은 사람과 기쁨과 아픔을 함께 나누며 살아오셨습니다. 그 뒤 사업가로 성공하셔서 집안이 부유해졌지만, 어느 날 불운으로 파산하여 절망의 끝자락이 밀려오자 가장의 짐이 무거워 많이 괴로워하셨지요. 그런 환경에서도 자식들에게는 티를 내지 않고 각자 생활에 충실 하라고 용기를 주셨는데 갑자기 어려워진 생활이 힘들다고 우리는 아버지를 원망하고 투정을 부렸습니다.

이제 저도 자식을 낳아 무거운 책임을 느끼게 되자 비로소 아버지의 인내와 가르침과 사랑으로 이 자리에 와있음을 깨닫습니다.

그때 갑자기 다가온 사업실패로 얼마나 황망하고 괴로우셨을까요?

늘 새로운 문물을 찾아 분주하시던 아버지는 농기구 연구로 몇 개의 특허를 출현하고도 유동자본의 부족으로 빛을 보지 못하자 너무 쓸쓸해 하셨지요. 자식들이 말썽을 부려 마음이 상하실 때도 회초리 한번 들지 않으셨고 호된 꾸지람 한번 들은 적이 없이 자랐습니다. 다정다감하거나 사랑의 표현을 능숙하게 하시지는 않았지만, 아버지의 눈길에서 자상한 사랑을 느끼곤 했지요.

우리 곁에 계실 때 말씀드리지 못한 '사랑합니다. 고맙습니다. 미안합니다.'라는 말을 뒤늦게 아버지의 뜰에 묘목으로 심습니다.

"양심을 지켜 남에게 피해를 주지 마라, 서로 사랑하고 이해하며 최선을 다해 살거라….”

　저도 살날이 얼마나 남았는지 모르지만, 아버지의 말씀 하나
하나 잊지 않고 당부대로 잘 살도록 노력하겠습니다.
　사랑합니다. 고맙습니다. 아버지!

창작 오페라, 논개

　칙칙한 장맛비가 종일 그칠 줄 모르고 내린다. 한 달 가까이 계속되는 비가 사람의 마음을 우울하게 한다. 만나는 사람마다 대화 속에 짜증이 들어있다. 미리 예매한 티켓을 들고 예술의 전당으로 향하는 발걸음이 가볍다. 오페라 극장에 들어서니 '논개'의 주인공 역을 맡은 그녀의 엄마가 어린 손녀를 데리고 우리를 기다리고 있었다. 마지막 공연이라서 인지 2,500석 예술의 전당은 웅성거리는 관객들로 가득했다.

　창작오페라 논개는 서양과 동양의 문화가 조화롭게 어우러진 무대였다.
　오케스트라와 판소리가 마치 하나의 음처럼 혼연일체가 되어 객석을 파고든다. 판소리 가수, 성악가, 성악합창단, 국악 현악기, 서양 현악기들의 선율이 잘 버무려진 한국적이면서 현대적인 그랜드 오페라였다. 우선 전체적인 느낌은 깔끔하고 담백한, 간절한 마음을 표현한 애절한 음률로 이어진 감동 무대였다.

총, 감독 조정님, 대본 김영수, 지도 지성호, 지휘 이일구, 연출 정갑균, 논개 김희선(소프라노) 최경희 김남두, 도창 김금희 등이다.

호남 오페라단은 오페라 논개의 숭고한 삶을 대형 오페라로 제작하되 그 음악적 내용은 한국적 토착성을 수용해 제작했다. 이는 앞으로 우리 오페라가 나가야 할 방향을 제시하고 제작했다고 본다.

논개는 남해안에 출몰한 왜구의 대대적인 노략질로 피폐해진 마을에 태어난 소녀 논개가 어머니가 돌아가시고 최경희 현감에 의지하여 자라는 데서부터 시작된다. 지병으로 죽음을 앞둔 현감 부인 김 씨는 부지런하고 정직한 논개에게 현감의 후실로 강하게 추천하지만, 논개는 받아들이지 않는다. 전쟁의 발발로 최경희는 민병을 조직하여 진주성을 지키려고 나간다. 1차 전투는 성공하였지만 김 씨는 지병으로 사망하고 만다. 혼자 남겨진 논개는 현감을 찾아가서 현감을 도와주지만 2차 전투에서 진주성이 함락하고 만다. 전투에서 패배한 최경희의 전사로 홀로 남게 된 논개는 왜군을 향한 복수심에 촉석루 왜군 승전 잔치에 기생으로 위장해 들어간다. 왜장 게이무라 로구스케의 환심을 산 논개는 술에 취한 왜장을 강가로 유인해 왜장의 목을 껴안고 함께 남강에 몸을 던져 꽃다운 삶을 마감한다.

4막으로 구성된 작품은 아쟁과 피리의 구슬픈 선율로 논개의 기구한 운명을 효과적으로 표현해갔다.

논개 김희선의 뛰어난 가창력은 물론이고 연기력으로도 관객들의 마음을 사로잡았다. 사랑하는 이들의 죽음 앞에 절망과 처절한 고통으로 세상에 혼자 남겨진 비통함을 애절한 목소리로 표현해 나가는 모습은 관중들의 가슴을 저리게 하는 호소력이 있었다. 최영희 역의 테너 이정원도 장수다운 면모가 돋보이는 세심한 연기를 했다. 소리꾼 방수미는 공연 중간마다 등장해 출연진 전체를 어우르며 극의 흐름을 자연스럽게 끌어냈다.

특히 상엿소리 부분에서 서러움과 한의 정서를 완벽하게 보여주는 애절한 음색으로 우리 민족의 정신이 유감없이 표현된 극이었다. 이 오페라에서 도창이 없었으면 논개만으로는 완벽한 짜임새를 갖추기가 힘들었을 것이다.

서울 필하모니와 인천 오페라와 합창단 익산 시립 무용단 등의 활약도 논개라는 작품 전체의 완성도를 높이는 데 한몫을 했다고 본다.

역사 속의 인물을 재조명하고 한국적인 미학으로 관객을 감탄하게 한 창작오페라 논개는 그렇게 끝없는 커튼콜 속에서 대단원의 막을 내렸다.

친구의 딸이어서 그런지 유난히 논개의 소프라노 음색과 선율이 아름답게 들렸다. 홀로 그렇게 예쁘게 딸을 키우느라 힘들었을 내 친구에게 아낌없는 찬사를 보냈다.

논개

거룩한 분노는 종교보다 깊고

불붙은 정열은 사랑보다 강하다.

아~강낭콩 꽃보다 더 푸른

그 물결 위에 양귀비꽃보다

더 붉은 그 마음 흘러라

……

촉석루 단청은 거룩한 넋을 기리도다.

우리는 목木메달

어느 때부터인가 아들만 있는 나와 안 선생님은 서로 이해하고 의지하는 친구가 되었다.

문학 동아리에서 만난 안 선생은 세상 부러운 것이 없는 행복한 여인이었다. 훌륭한 가정에서 태어난 그녀는 훤칠한 인물에 명문대 학벌에 인격자인 남편과 머리 좋은 아들 둘이 있다. 미적 감각이 탁월한 안 선생은 하고픈 것은 무엇이든 월등히 잘 해내는 재주와 솜씨로 많은 사람들에게 사랑과 부러움의 대상이었다. E대 약대를 나왔고 남편은 00병원장으로 세계적 진폐증 권위자인 내과 의학박사였다.

그녀는 끝없는 학구열로 60대에 철학박사 학위를 받을 만큼 끝없이 도전했고 공부뿐만 아니라 여러 방면으로 다재다능했다. 뛰어난 패션 감각이 있어서 자타가 공인하는 멋쟁이였다. 그림에 소질이 있어 전시회를 할 만큼 화가대열에도 우뚝 섰다. 문단에서도 남보다 우월한 위치에서 항상 리더 역할을 했고 노래를 부르면 패티킴보다 더 잘 부른다는 소리를 들으며 해외세미나에서는 독창도 연주했다. 그러나 몇 년 전 남편이 소천한 뒤부터 외로운 나날이 시작되었고 아들들은 표현이 없어서인지 곰살맞지 않아, 우리는 서로 딸이 없음을 한탄했다.

어느 때부터인가 우울해하며 슬슬 외로움을 타기 시작하더니 몸도 마음도 점점 쇠약해져 갔다. 자주 병원을 드나들다가 급기야 응급실 병상에 눕게 되고 말았다. 확실한 병명이 나오지 않자 아들과 며느리가 꾀병이 아닌지 의심까지 하게 되니 섭섭한 마음은 그녀의 병을 더 키웠다.

딸이 없는 우리는 많은 시간을 서로 의지하고 같이하며 답답함과 외로움을 달랬다. 그런 처지라 늦은 밤 병실에 자식이 나타나지 않는다고 전화를 하시면 내가 대신 병원으로 달려가 대화도 하고 안심도 시키며 밤새 돌봐 드리기도 했다.

결국, 최악으로 몸이 쇠약해져 덜컥 중환자실에 눕게 되었다.

중환자실은 코로나가 아니더라도 면회조차 마음대로 할 수가 없다.

겨우 허락을 받아 어느 날 병실에 누워있는 안 샘을 볼 수 있었지만, 상상 이상으로 앙상한 모습으로 중증 환자가 되어 있었다.

사람은 믿을 수 없는 현실에서도 믿고 싶은 만큼 믿는다. 나는 안 샘이 다시 회복되어 만날 수 있을 것이란 믿음과 기대를 안고 기도하며 지냈다.

그 후 반년이 넘도록 안 샘의 모습을 전혀 볼 수가 없었다. 전국의 모든 병원 전체가 코로나로 면회가 금지되자 궁금해도 갈 수가 없었다.

넓은 병실에 홀로 누워있는 안 선생이 쓸쓸하게 삶과 죽음의 문턱을 오락가락하고 있다는 소식만 들려왔다.

삶이란 나에게 이렇게 생각지도 않은 이별을 준비하라고 한다.

많은 시간을 서로 의지하고 믿어주던 사람과의 이별은 어떻게 해야 하는지 나는 정말 모르겠다.

그 많은 시간 속의 추억들을 어느 보자기에 어떻게 싸서 담아야 하는지도 알 수가 없었다.

어느 날 점심 식당에서 딸과 다정히 이야기하는 옆 좌석의 여인을 보고 저 여자는 무슨 복에 딸이 있는 거냐고 그렇게 부러워하던 안 선생님이 낯선 병실에서 작은아들의 지극한 보살핌을 받고 있다고 한다. 그렇게도 딸이 없음을 섭섭해하셨던 샘은 아들의 보살핌으로 중환자실에서 보호를 받고 있다. 입원하신 후 면회가 되지 않아 만나보지 못하고 소식으로만 듣고 있다.

자식들에게 남겨 주기 위해 돈을 두고도 마음껏 쓰지 못하고…

사람은 왜 그렇게 어리석게 살다가 때늦은 후회로 가슴을 치며 살아야 하는지…

준비되지 않은 시간 속에 어제도 살았고 오늘도 살아가고 있지만 이제 또 나는 눈물만으로는 감당할 수 없는 쓰라린 이별을 준비해야만 하는 것인지!

그리움으로 가득한 내 가슴을 안 선생님이 이리도 아프게 한다.

나도 언젠가부터 삶의 무게가 버거워지기 시작했다.

삶에 대한 나의 기대가 너무 과한 탓일까?

왜 이렇게 힘겹고 외로울까? 안 선생님이 병실에 누워계시기 때문일까?

아들이든 딸이든 자식들에게 가끔은 다정한 목소리로 엄마가 고맙다는 말 한마디를 듣고 싶고, 정성스레 만들어 준 음식을 맛있게 먹으며 수고했다는 말 한마디가 왜 그렇게 아쉬운지 모르겠다. 내가 나이 들어가고 있나 보다.

물론 표현하지 않아도 사랑하고 고마워하는 마음이 다 있다는 것을 알고 있지만 살가운 딸의 다정한 한마디가 그리운 나는 분명 아들만 있는 목木메달을 목에건 여자다. 나이 들어 여기저기 몸이 힘들어도 남편과 자식을 위해 맛있는 것을 해 먹이고 싶어 안달하는 나는 뭔가에 굶주린 환자 같다. 아들만 둔 죄로 목木메달을 목에 건 안 선생님과 나는 만나면 딸이 없다는 사치스러운 투정을 했다.

리버 워크 River walk

청잣빛 하늘엔 구름 한 점 없고 창문으로 들어온 싱그러운 바람이 청량감을 안겨준다. 미국에 사는 아들 가족과의 여행은 오랫동안 못 보던 그리운 마음을 달래준다. 살면서 사랑하는 자식을 마음껏 볼 수 있는 것보다 더 큰 행복은 없을 것 같다. 긴 시간 만나지 못하고 살아온 시간을 보상받듯 아들네와의 여행은 나를 한껏 들뜨게 했다. 휘스톤에서 출발한 우리는 낮은 산봉우리 하나 보이지 않는 평지의 밋밋한 풍경 사이로 달렸다. 샌안토니오에 도착한 것은 늦은 오후였다. 호텔에 짐을 풀고 남편과 아들, 며느리, 손자와 리버워크로 향하는 길은 색다른 풍광으로 발걸음조차 가볍다.

리버워크(river walk)는 샌안토니오 다운타운을 고리처럼 한 바퀴 돌아나가는 형태의 강변 산책로다. 찻길보다 한층 아래에 조성된 지붕 없는 지하세계인데 작은 계단을 내려가 입구에 들어서자 도시의 모습과는 전혀 다른 풍경이다. 강가 양쪽으로 화려한 카페, 레스토랑, 멕시코 식당들이 손님을 기다리고, 강 건너편을 갈 수 있는 다리가 드문드문 멋스럽게 놓여있다. 강가를 따라 걷다 보면 고풍스러운 건물 사이로 거대한 싸이프러스 나무가 강과 강 사이에 이마를 맞대고 늘어져 장관을 이루고 있다. 거리는 전통적 특징이 그대로 남아 과거와 현재가 공존하며 강 위에 물그림자를 만들고 있다. 긴 역사를 보존하기 위해 노력한 흔적들이 고스란히 남아 있는데 빨리 빨리에 익숙해 옛것을 쉽게 없애버리는 우리와 전혀 다른 그들에게서 많은 것을 배운다. 산책 나온 시민들, 직장인, 관광객들이 색색의 파라솔 아래서 휴식을 취하며 담소를 나누는 모습이 너무 평화롭다.

리버워크는 샌안토니오 강이 텍사스주의 젖줄이지만 대홍수로 인하여 자주 지상까지 범람하자 강을 중심으로 종합적 개발사업을 한 도시이다. 인명과 재산 피해 발생을 극복하기 위해 리버워크에 호텔과 컨벤션센터 등등 국제적 관광시설을 유치하자 골칫거리였던 도시가 관광지로 탈바꿈한 대표적인 곳이다. 지금은 미국의 베니스라고 불릴 만큼 세계적 관광지가 되어 부가가치를 창출해 내고 있다. 단순한 개발이 아니라 자연을 있는 그대로 보전하고 미래까지 생각하며 개발한 리버워크에는 개발자의 지혜가 구석구석에서 빛을 발하고 있다.

어둠이 내려오자 사방의 불빛이 찬란하게 빛났다.

나는 어린 손자의 손을 잡고 걷거나 때론 안기도 하고, 유모차에 태우기도 하며 이국의 정경을 만끽했다. 세계 인간 전시장이나 되는 것처럼 많은 사람이 먹고 마시고 떠들고 춤추며 즐기는 모습이 장관이다. 원색 옷차림을 한 여러 인종의 색다른 모습을 보는 것만으로도 충분한 구경거리다. 강물 위를 떠가는 작은 유람선에서 우리에게 손을 흔들며 행복해하는 이들이 보인다.

서부 개척의 꿈을 간직한 분위기가 남아 있는 멕시코 식당에서 우리 가족은 베이비립과 마티니를 시켜놓고 달콤하고 짜릿한 맛을 즐기며 이야기꽃을 피웠다. 어린 손자는 할아버지 할머니와 첫 만남인데도 진한 피붙이의 정을 느끼는지 친숙한 행동을 하는 모습이 기특하고 사랑스러웠다. 말수가 적은 아들이 타국에서 홀로 살아왔던 이야기를 꺼내어 놓는다. 지난날의 힘들었던 일도 여유롭게 이야기하는 모습을 보니 타국에서 제자리를 잡은 것 같아 대견했다.

화려한 불빛이 사방에서 쏟아지는 샌안토니오 거리로 나왔다. 정열적이고 적극적인 이곳 사람들이 농구 경기에 승리한 기쁨의 세레머니를 우리에게 구경거리로 제공해 준다. 세상을 다 가졌다는 듯 괴성을 지르고 크락숀을 누르는 자동차의 소음이 온몸에 소름이 돋을 만큼 귀청을 찢는다. 길을 걷던 사람들이 서로 끌어안고 뛰는데 승리의 기쁨을 소란스럽게 표현하는 것에 익숙하지 않은 우리는 그 모습이 신기하기까지 했다.

　샌안토니오의 밤은 밝은 달빛 아래 서서히 깊어 가고 벌써 이곳을 떠나야 한다는 아쉬움이 가슴속으로 슬그머니 파고든다.

3부
꽃 몸살

인생을 짐으로 지면 무겁지만,
가슴으로 안으면 가볍다고 한다.
더욱 몸과 마음을 다스려 비우고
버리면서 물욕에서 멀어진다면
내 인생은 훨씬 가벼워지리라.

66 우리의 마음도 하나의 연적이다. 풍혈이 막히면 풍요 속에서도 마음은 기근 **99**
을 느낄 수밖에 없다. 삶에서도 풍혈과 수혈로 생활의 여유와 즐거움을 함
께 누리길 바라는 마음이다.

내 인생의 책

　주일이면 어머니의 치마폭을 잡고 성당에 가는 것이 큰 즐거움이었다.

　넉넉한 모습에 검은 수단을 입은 신부님의 라틴어 미사 집전은 어린 소녀에게 천상의 소리를 들을 수 있는 유일한 시간이었기 때문이다. 모태 신앙인 나는 철이 들려고 하면서부터 객지 생활을 시작했다. 낯선 생활에 바쁘다는 핑계로 종교와 담을 쌓고 세속에 물들어 살았다. 가슴 한편에 문득문득 찾아오는 신앙에 대한 그리움은 꿈도 꾸지 못하고 주춤주춤 하루하루를 보냈다. 결혼 생활에 조금씩 지쳐가고, 내 의지로 할 수 없는 많은 일이 힘들게 밀려왔다.

　신앙이란 불안정한 일상이 밀물처럼 터져 들어올 때 절실함을 느끼나 보다. 누군가를 의지하고, 무엇이든 매달려야 했던 내가 20여 년 만에 성당 문을 두드리게 된 것은 AJ 크로닌이 쓴 『천국의 열쇠』를 읽고 나서였다. 성당 성가대 활동을 하는 여학교

선배가 이 책을 선물로 주면서 자신을 성찰하고 생활의 지혜와 진실을 찾아보라고 했다. 그동안 삶이 내 능력으로 이룰 수 있는 일 보다, 내 힘으로는 불가능한 일들이 더 많았던 것을 깨닫고 있었기에 신앙이 간절했다.

나와 처음 만났던 '크로닌'은 스코트랜드의 덤바튼셔에서 태여난 의사이자 소설가다. 『천국의 열쇠』는 한 신부를 통해서 신과 인간에 대한 깊은 사랑과 신념을 가지고 용기 있게 살았던 진정한 인간의 삶을 이야기해 준다.

한 마을에서 나고 자란 프랜시스 치첨과 안셀름 밀리라는 두 사람이 살아가는 모습이다. 치첨 신부의 온 생애가 보여주듯이 인간을 위한 인간의 얼굴을 한 믿음이 아니라면 천국은 땅에서든 하늘에서든 그 어디에도 없을 것을 일깨워 준다.

인종이나 종교나 사상이 다르다고 해서 서로 대립하는 대신 모든 인류가 사랑과 평화로 하나가 되는 화합의 길을 크로닌은 꿈꾸고 있었다.

오늘날 아무리 의미가 좋다 하더라도 인간을 배제한 현실 속의 사회주의자가 외면당하는 것처럼, 인간을 감싸 안지 못하면 그 의미가 종교이든 권력이든 독단적 주장에 지나지 않을 뿐이며 믿음의 맹신이 되는 것이다.

우리는 세상의 잣대로 그 기준을 충족시키는 사람을 일러 훌륭하다고 한다. 어른의 말씀을 잘 듣고 공부 잘하는 모범생이라든가, 원칙에 충실하고 더의 모빔이 되는 사람들은 많은 사람의 흠모를 받기 마련이다. 하지만 가끔 우리는 흔히 소외자로 불리던 이들이 세상을 감동을 주고 메마른 우리 가슴을 적셔 주기도 한다. 종교와 인종과 민족 갈등 그리고 갈수록 심화되는 빈부격차로 몸살을 앓고 있는 이 지구촌에 그의 소설은 참 인간과 믿음과 사랑이 필요함을 규명해 주고 있다.

　많은 세월이 흐른 지금도 『천국의 열쇠』가 소중한 교훈과 문학적 자산으로 가슴에 남아 있는 이유는 그 책에서 진정한 삶의 의미와 따듯한 사랑을 찾을 수 있었기 때문이다.

　크로린의 작품을 읽으며 그의 세계 속으로 빠져들던 나는 종교에 다시 귀의했으며, 자신을 성찰할 기회를 만들었고, 그의 작품들을 찾아 밤을 하얗게 새우기도 했다.

　『성채』는 경제적 압박과 바람직한 의학적 처치 사이의 괴리를 그린 작품이다. 『하늘 끝까지』는 살인 누명을 쓴 아버지의 누명을 벗기는 아들의 노력으로 인간의 근원적 사랑과 사회의 부조리를 날카로운 의식으로 다시 조명했다. 『금단의 열매』는 임기응변의 천재이며 주위의 사랑을 한 몸에 받는 주인공이 신앙의 길을 걷고자 신부가 되었으나 뛰어난 성품과 목소리로 인해 수많은 여자의 유혹을 받고, 결국 철없는 소녀의 유혹에 넘어가 신앙의 길을 벗어나고 마는 주인공 레온의 인간적인 삶이 있었다.『청춘의 삶』은 의지가 강한 샤론과 청순한 지인을 통해서 신앙의 그릇된 갈등에서 헤어나 인생의 진정한 의미를 새롭게 깨우쳐 미래의 세계로 떠나는 청춘의 용기와 사랑을 그렸다.

기독교적인 사상을 바탕으로 지고한 인간의 사랑을 추구해온 크로린의 작품세계에 빠져들어 삶의 진실과 물질의 무게를 생각하며 가슴이 뜨거웠다. 그의 작품은 기독교를 배경으로 한 내용이 많지만, 결코 전교를 목적으로 한 종교 소설은 아니다. 혼탁하고 어지러운 현대를 살아가는 우리에게 인간의 근원적인 삶과 위대한 사랑과 사회를 재조명할 기회를 준다.

나는 한 사람의 작품에 빠지면 그의 작품들을 닥치는 대로 읽는 버릇이 있다. 크로린의 소설이 내 삶 속에 깊이 파고든 이유는 다양한 성격의 인물과 휴머니즘과 이상주의 그리고 금전의 위력으로 세상을 바라보는 이들의 추함 속에서도 휴머니즘의 성스러운 모습이 빛나고 있었기 때문이다.

조금이라도 진정한 삶을 살아가려고 노력하지만, 아직도 그의 작품들 속에 있는 그들처럼 용기 있는 삶은 감히 꿈도 꾸지 못하고 있다.

지금 세상의 어지러움이 그가 추구하는 삶들로 바뀐다면 세
상은 좀 더 평화로울 것이라는 생각을 하며 누렇게 퇴색한 그의
책들을 다시 펼쳐본다

비우고 버리기

어깨가 무겁고 걸을 때마다 피곤이 몰려온다.

집으로 돌아와 가방을 내려놓고 속에 들어있는 것들을 꺼내어 본다.

여러 가지 물건들이 수북이 나온다.

수첩, 핸드폰, 휴지, 돋보기, 화장품, 열쇠, 등등…

무엇 때문에 이렇게 많은 물건을 가득 채우고도 더 가지고 싶은 지. 물질만 무거운 것이 아니라 마음의 짐이 더 무겁다. 탐욕과 욕심의 무게가 두 어깨에 대롱대롱 매달려 있으니 무거울 수밖에.

어린 시절에는 알사탕 하나로도 행복했고 화롯불에 구운 군밤 하나로도 겨울밤이 무척이나 달콤했다. 꼬까옷을 입기 위해 명절을 손꼽아 기다리던 기다림만으로도 한껏 행복한 때도 있었는데, 세월이 가면서 커지는 내 욕심은 마치 부풀어 오르는 풍선 같다. 신혼 시절엔 셋방살이만 면하면 더 부러운 것이 없었는데 집이 생기니 더 큰 집을 바랬다. 그놈의 욕심은 아무리 채워도 채워지지 않는다. 많이 갖고 싶은 마음이 칭얼거리는 아이처럼 내 안에서 보채고 있다.

노부부가 한 가지 소원만이라도 들어달라고 신에게 기도했다. 어느 날 천사가 나타나 한 가지씩 소원을 들어줄 테니 말을 해보라고 했다.

아내는 그동안 너무나 힘들게 살아오느라 가고 싶었던 세계여행을 한 번도 해보지 못했으니 세계여행을 갈 수 있게 해달라고 했다. 천사는 기꺼이 아내에게 여행할 수 있는 모든 것을 준비해 주었다. 천사는 남편에게 당신이 가지고 싶은 것은 무엇인지 잘 생각해서 대답하라고 했다. 이 생각 저 생각하던 남편은 신혼 시절의 행복했던 모습을 떠올려 보았다. 너무나 행복했던 시간이 아쉬웠던 남편은 신혼 시절의 젊고 예뻤던 아내처럼 삼십 년쯤 젊은 아내를 얻어 행복하게 다시 살아보고 싶다고 했다.

천사는 이해할 수 없는 소원이라고 생각하면서도 남편의 소원을 들어주었다. 그러나 과연 그 젊은 아내는 30년이나 나이가 더 먹은 노인 남편과의 신혼이 행복해했을까?

인간의 욕심이란 때론 이렇게 허황하다는 비화이다.

오늘은 어제의 결과라고 했다. 내일의 행복은 오늘 이 순간을 헛되이 보내지 않았을 때 오는 결실일 것이다. 삶의 무게만 탓하고 건강을 핑계로, 아무것도 할 수 없다면서도 속으로 나름 대로 최선을 다해 살아왔다는 착각을 한다. 비우고 버려도 때와 장소에 따라 계속 솟아나는 욕망이 항상 내 안에서 꿈틀거린다.

인생을 짐으로 지면 무겁지만, 가슴으로 안으면 가볍다고 한다.
더욱 몸과 마음을 다스려 비우고 버리면서 물욕에서 멀어진다 면 내 인생은 훨씬 가벼워지리라.

인생의 향기 2

1) 대청봉

신기한 여행지는 언제나 가슴을 설레게 한다.

여행은 쉬면서 배우는 시간이며, 인생을 바꿀만한 결정적인 경험을 하게 되는 것이라고 한다. 지친 일상 속에 여행에 대한 갈망은 언제나 기다림으로 다가온다. 운동신경이 둔감한 나는 산을 오른다는 생각조차 하지 못하고 살았다. 뒤늦은 나이에 친구들의 권유로 시작한 등산은 새로운 세상을 만나게 해주었다.

나지막한 우면산조차 헉헉거리며 오르던 내가 5년이란 세월 동안 무리가 되지 않는 산들을 골라 등반의 재미를 맛볼 수 있게 되었다. 처음 관악산 연주대에 올랐을 때의 기쁨은 내게 새로운 세상이 열릴 것이란 희망을 주었다. 친구들과 일주일에 한 번씩 시작한 등산은 제법 많은 산을 오르내리게 했다. 굽이굽이 산길을 따라 오르던 태백산 정상, 넘어지고 뒹굴며 오르던 청량산, 작은 금강산이라고 부르는 용봉산의 봄, 가을 풍경들이 삶에서 특별한 시간을 허락했다. 눈길에 푹푹 빠지며 올랐던 한라산은 개나리산장에서 발길을 돌려야 했기에 정상에 다시 가볼 수 없는 길이 되고 말았다.

어느 날 갑자기 10여 년 전에 교통사고로 다쳤던 무릎의 통증이 재발 되며 등산을 할 수 없게 되었다.

많은 사람의 사랑을 받는다는 설악산 대청봉에서 새벽 동트는 여명을 보고 싶었는데, 대청봉의 정상은 내게 이루지 못할 꿈으로 남아 있다. 물론 가고 싶은 곳은 수없이 많다. 외국 여행에서의 찬란하고 위대한 건축물과 신비로운 유물과 대자연의 아름다움은 또 다른 여행을 늘 꿈꾸게 한다. 집을 뛰쳐나와 날개를 펴고 떠나고 싶은 유혹은 종착역도 없이 마음속에서만 달리고 있다. 가까이에 있는 설악의 대청봉 등정도 이제는 작은 소망일 뿐!

갈 수 없는 곳은 더 그립다. 오를 수 없는 곳이기에….

새벽안개가 뿌옇게 핀 대청봉을 향한 내 꿈은 아직도 간절하다.

2) 연적

현관문을 열고 집안에 들어서면 제일 먼저 눈에 들어오는 것들이 있다.

그렇게 아름답거나 값이 나가는 것은 아니지만 친구를 통해서 알게 된 도예가로부터 사들인 연적들이 올망졸망 장식장 안에서 서로의 멋을 뽐내며 나를 기다리고 있다. 그들은 내 손길이

닿지 않으면 언제나 그 자리에 그 모습으로 있다. 몇 개는 생김새가 예뻐서 장만했고, 몇 개는 빛깔이 마음에 들어서 장만했고, 몇 개는 의미가 있어서 사들이다 보니 제법 많은 숫자의 연적이 모이게 되었다.

특별히 안목이 있는 것도 아니고 도자기에 조예가 깊은 것도 아니다. 값이 나가거나 크게 품위가 있는 것은 더욱 아니다. 그냥 통통하고 마르지 않은 몸매에 눈망울이 부리부리한 개구리의 해학적 모습이 좋았다. 하얀 백자에 활짝 피어 있는 목련꽃은 깊은 향내가 날 것 같은 고귀함이 있고 금방 회를 치며 울어줄 것 같은 수탉의 씩씩한 생김새가 좋고, 거북이 모양, 복숭아 모양 등 아기자기한 모습으로 옹기종기 모여 있는 모습이 두고 보기에 좋다. 그들이 다정히 내게 말을 거는 것은 아니지만 바라보는 것만으로도 즐겁고 그들끼리 속삭이는 것 같아서 이들을 아끼고 사랑한다.

연적은 도자기로 만들어진 뚜껑이 없이 윗면에 구멍만 두 개가 있다. 가운데 난 구멍은 풍혈風穴이라 하고 가장자리에 난 구멍은 수혈水穴이라 한다. 풍혈은 공기가 드나드는 구멍이며, 수혈은 물이 드나드는 구멍이다. 연적은 반듯이 두 개의 구멍이 모두 열려있어야 한다. 풍혈이 막히면 신기하게도 물이 들어가지 않는다.

우리의 마음도 하나의 연적이다. 풍혈이 막히면 풍요 속에서도 마음은 기근을 느낄 수밖에 없다. 삶에서도 풍혈과 수혈로 생활의 여유와 즐거움을 함께 누리길 바라는 마음이다. 언제나 새롭고 신비로운 모습으로 내 마음을 받아주는 연적이 나는 좋다.

즙장, 그 별미

　많은 사람이 드나들던 과수원집에 벌거벗은 과일나무 사이로 찬 바람이 불고 매미의 울음소리도 사라진 지 오래다. 측백나무 울타리 안에는 커다란 벼 둥우리가 지어지고, 아궁이에 장작불이 후드득거리면 콩 익는 냄새가 집안에 퍼지기 시작한다. 철부지 형제들은 옹기종기 부뚜막에 모여 나무 주걱으로 퍼주는 구수한 삶은 콩을 받아먹었다. 콩 맛의 고소함이 사라지기도 전에 마당 모퉁이에서는 어느새 왕겨 불에 장醬을 익히는 냄새가 집안에 가득했다.

　채소를 많이 넣고 담그는 즙장汁醬은 별미 장의 하나다. 담가서 바로 먹을 수 있는 속성 장류인 즙장은 집장이나 채장이라고도 한다. 메줏가루와 채소를 넣어 버무려 채소가 달착지근하고 새콤한 맛이 날 때까지 삭히면 그 맛이 일품인 즙장은 오래 보관할 수가 없기에 이웃들과 함께 나누어 먹는 장류다.

-즙장은 콩을 누레지도록 삶다가 밀이나 보리쌀을 함께 넣고 웃물이 없어질 때쯤 불을 줄여, 타지 않게 뜸을 들인다. 재료를 식기 전에 서로 잘 엉켜서 뭉쳐질 만큼 절구에 찧어 주먹만하게 빚는다. 소쿠리에 짚을 깔고 가지런히 메주를 놓고 담요나 헝겊으로 덮어 3~4일쯤 발효시킨다. 겉이 끈끈해지면 볕에 말려 성글게 빻아 메줏가루를 만들어 놓는다.

오이, 가지, 고추 무 등 채소를 갸름하게 썰어 간장에 꾸덕꾸덕하게 절여 꼭 짜놓는다. 질척하게 죽을 쑨 찹쌀밥과 빻아 놓은 메줏가루, 엿기름을 넣고 고루 버무린 후 짜놓은 채소와 잘 버무린다. 여기에 고춧가루와 다진 마늘을 조금 넣고 소금이나 간장으로 간을 맞추어 항아리에 담아 숙성시킨다. 숙성할 때는 일정한 온도를 유지하기 위해 항아리 입을 기름종이로 봉하고 열을 받아 터지지 않도록 겉에 진흙을 고루 발라서 왕겨로 무덤을 만들어 불을 피운 잿불에 묻어 일주일 정도 숙성시키면 된다.-

추수가 끝나고 일주일이 지날 쯤 큰어머니는 즙장 만들 준비로 바빴다. 즙장은 16세기 말엽부터 먹기 시작했다는 기록이 있는데 지금은 거의 자취를 감춘 음식이다. 즙장의 맛은 찌고, 말리고, 삭히고, 버무려 자연과 세월이 만들어 내는 장 예술이다.

어릴 때부터 솜씨가 좋은 큰어머니 덕분에 맛난 음식을 많이 먹고 자란 음식에 대한 추억이 내겐 유난히 많다. 동네 잔칫집 과방을 독점하시던 어른의 음식 솜씨는 일품이었다.

객지 생활을 시작하고 세월이 흘러 자주 고향에 돌아갈 수 없어지고, 어느 때부터인지 즙장이 밥상에서 사라졌다. 조금은 달콤하며, 짭짜름하고 새콤한 맛으로 즐겨 먹던 가지, 무, 고추의 고들고들한 맛도 이제는 추억이 되어 미각 속에만 남아 있을 뿐이다. 즙장을 만들기 위해 흰 머리카락을 나풀거리던 큰어머니 모습이 어른거린다. 즙장에는 큰어머니의 인심과 부지런함 그리고 농촌의 정겨운 풍경들이 책갈피에 끼어있는 한 장 한 장의 낙엽처럼 마른 잎사귀로 남아 있다.

수선화는 지고

동동 떠가는 구름 사이로 햇살이 맑다.

축축한 장마의 옷을 벗고 맑은 태양을 바라보니 막연하게 그리움이 차오른다. 참으로 오랜만에 수화기를 들었다. 세상에 존재하는 모든 만물은 한가로운데 나만 바쁜 척 살아온 것이 후회되고 못다 한 아쉬움이 물밀듯 내게로 달려든다.

"거기 숙이네 집이지요?"

"……"

"안녕하세요? 저~ 숙이 친군데요. 좀 부탁합니다."

"……, 집사람이 떠났어요."

"네?"

숨이 멎을 것 같았다. 긴 호흡을 하고 얼마간의 침묵이 흘렀다.

"미안합니다. 너무 오랜만에 연락했네요."

"… 전화 주셔서 고맙습니다."

"… 죄송합니다."

너무 당황한 나머지 전화기를 떨어뜨리고 말았다.

그녀가 지난가을에 갑자기 세상을 떠났다고 한다.

조금만 일찍 연락했더라면 한 번쯤 만날 수도 있었을 텐데, 이렇게 허무한 이별을 하고 말았구나. 하는 자책으로 마음에 평정을 잃었다.

'어떻게 떠났느냐고, 고통은 없었느냐고' 묻고 싶었는데.

도대체 무슨 말을 했는지 무슨 대답을 들었는지 가슴이 답답하여 숨이 막힐 뿐이다. 고맙다는 말, 너무나 널 좋아했다는 말 한마디 하지 못했는데, 네가 있어서 힘들고 어려웠던 시간을 내가 무사히 넘길 수 있었다는 말을 꼭 해야 했는데…

우정은 가슴으로 서서히 스며드는 보슬비다. 오랜 세월 떨어져 있다가 만나도 한없이 반가운 사람, 내가 힘들고 심란할 때 언제나 내 곁에 있어 줄 것 같은 그녀가 이제는 만날 수도 볼 수도 없게 되고 말았다. 곁에 있지 않아도 서로의 마음을 아는 친구, 생각만으로도 위로가 되는 다정한 친구, 내 친구는 운명에 묵묵히 순응하며 외로움을 잘 견디고 특히 희생과 사랑에 인색하지 않은 아이다.

사람은 누구나 만나고 헤어진다지만 어느새 이런저런 이별들이 자꾸 생긴다. 수선화를 좋아하던 그녀, 늘 창백한 얼굴에 슬픔을 안고 살아가던 그녀가 세상의 짐 모두 훌훌 벗고 천상의 세계로 떠났다. 이제 편안한 안식을 누리기를 바라며 조용히 기도한다.

어느 날 그녀가 '산다는 것은 근본적으로 고통'이라 했다. 때론 사는 것보다 죽는 것이 더 편할지도 모른다는 생각에서 벗어나지 못하고 살아온 삶이다. 그러나 사는 그것이 고달프고 고통스러울지라도 생명이 다하는 그 날까지 최선의 노력을 다하겠다던 그녀가 영원히 내 곁을 떠났다.

생명에 대하여 생각해 본다.
모든 생명은 귀하다.
풀 한 포기, 나무 한 그루, 벌레 한 마리, 잡초까지도 생명은 존귀하다.
인생은 종과 횡으로 많은 사람과 연결되어있기에 내 한 몸으로 끝나는 것이 아니라 내 존재가 세상과 사회와 주변에 지대한 영향을 주는 인플루언서 일 것이다.
삶과 죽음에 대하여 다시 생각해 본다.
수선화 같은 그녀를 생각하며 삶의 소중함과 내 존재에 대하여 한동안 상념에 잠긴다.

광란의 축제를 보며

세상에는 자신의 야심을 위해 타인을 이용하고 짓밟는 이기적인 사람과 남을 위해 외롭게 싸우는 이타적인 사람의 두 종류가 있다. 그중 인생에서 후자의 사람을 만나는 일은 상상할 수 없는 축복이다.

하느님께서 복을 줄 사람에게 제일 먼저 하시는 일은, 만남의 복을 주시는 것이라고 한다.

만남에도 여러 종류가 있다.

처음엔 꽃처럼 화사하고 황홀하지만, 시간이 지나면 시들어버리는 만남, 가까이 가기 싫을 만큼 오물이 묻어나는 만남, 그리고 친근한 척 다가오다가 이용 가치가 없는듯하면 한순간에 떠나가는 만남 등등 그 외에도 수없이 많다. 그중 제일은 상대방이 슬플 때 눈물을 닦아 주고, 행복할 때 함께 웃어주는 만남이다.

사람이 한번 관계를 맺으면 평생 서로에게 필요한 사람이 되도록 노력하는 일은 당연하다. 한데 내가 가지고 있는 심리적 결핍까지도 상대가 다 채워 줄 것 같은 착각을 할 때도 있었고 이익과 속셈을 가지고 내게 다가오는 교활한 만남에 속을 때도 있다.

　요즘 광화문에서 밤낮을 가리지 않고 촛불을 들고 꽹과리를 치며 축제를 벌인다. 군중이란 존재가 얼마나 무서운지 소름이 돋는다.
　너무나 잘못된 만남이 원인이 되어 돌팔매를 사정없이 맞고 있는 한 여인을 본다. 그들의 관계가 사회를 들끓게 하고 있다.
　온실 같은 생활 때문에 순수하기는 하나 조금 어리석다고 볼 수 있는 세상 물정에 둔감한 이 여인은, 곁에 늘 함께하며 가장 믿고 의지했던 친구가 교활한 욕심꾸러기로 변한 것을 모르고 있었나 보다. 간사한 조언으로 인격이나 사상을 송두리째 짓밟히는 그루밍에서 깨어나 보니 그녀가 서 있는 곳은 수렁이었다. 배신감과 허탈과 허무를 느끼겠지만 다친 마음은 회복할 길이 없다.

　잘못한 사람을 단죄하는 것은 당연하다. 그러나 그 방법을 한번쯤 생각해 볼 일이다. 한 사람의 잘못을 온 세상이 축제를 벌이듯 촛불을 들고 꽹과리를 치고 노래를 부르며 죽은 사람이나

타는 상여를 만들어 흔들고 다니는 광란의 모습을 차마 눈 뜨고 볼 수가 없다. 그래도 국민이 투표로 뽑은 지도자다. 더구나 한 나라의 최고 지도자를 간음한 여인으로 몰고, 딸을 낳았나는 서 짓을 선동하고, 성형을 했다는 등, 굿을 했다는 등…

차마 헤아릴 수 없는 모욕으로 온 세상을 뒤집어 놓는 이는 누구인가? 온 세계가 다 보는 광화문 한복판에서 정상인이라면 상상도 할 수 없는 일이 축제처럼 행해지고 있었다.

여인의 목을 자른 피 흘리는 얼굴을 그려 장대에 걸어놓고 신나게 흔들며 몰려다니는 모습은 참담하다 못해 소름이 돋았다.

이것이 정의를 위한 외침이라면 나는 두 눈을 가리고 싶다.

누가 무엇을 위해서 이런 일을 조장하고 있는 것인지 모르겠다.

사람의 잘못을 단죄하기 위한 벌罰이라지만 그들은 진정 남을 그토록 잔인하게 단죄할 수 있을 만큼 깨끗이 살아왔을까?

누가 그들에게 사람을 단죄하는 권한을 주었나?

자신도 알게 모르게 잘못을 저지르며 살아가는 것이 사람이다. 물론 바른 마음으로 정신을 잘 가다듬고 산다면, 사람을 잘못 만나는 실수는 없었을 것이다. 설사 실수했다 하여도 후회하고 반성하며 다시 마음을 다잡고 성실히 살아가는 것이 또한 사람이다. 확실한 죄도 나오기 전에 벌떼처럼 몰려들어 사정없이 뭇매질한다면 그것은 살인과 다를 바가 없다.

도대체 그들은 어떤 실수도 범하지 않고 정의에 의한 정의만을 위해 살아왔기에 이 괴이한 축제를 벌이며 떼를 지어 사람을 단죄할 수 있단 말인가?

사람에겐 잔인한 DNA가 있는 모양이다. 노벨문학상 수상자 엘리야스 하네티가 쓴 《군중과 권력》이란 책에는 세상에서 최후로 살아남는 자는 마지막까지 그의 동료가 자연스럽게 찔려서 죽도록 늘 가시를 지니고 다닌다고 한다. 이 말은 아무리 가까운 사람이라도 배신할 수도, 적이 될 수 있다는 의미를 담고 있다.

바로 우리가 지금 이렇게 무서운 세상에 살아가고 있는 것일까?

사랑과 희생보다는 욕망과 경쟁이 더 판치는 사회에서 순박하고 따뜻한 마음으로 생존하기가 어렵다는 생각을 하니 몸서리가 난다.

우리는 지금 도덕적 윤리적 인격자보다 양보와 배려를 모르고 자신만 앞세운 이기적인 승자를 칭찬하는 위험한 세상에 살고 있는 것 같다. 남에게 베푼 이해와 용서, 친절과 자비와 사랑은 보답이 금방 따라오지 않지만, 행복과 평안이 끝내는 나 자신에게 돌아온다는 사실을 나는 굳게 믿는다.

사막의 오아시스, 부하라

맑은 하늘에 초원이 끝없이 펼쳐진 땅이다. 아직도 말발굽 소리가 들릴 것 같은 상상을 하며 타임머신을 타고 수천 년 전으로 돌아가는 꿈을 꾸었다.

눈부신 태양 아래 오래된 건물들이 역사를 품고 곳곳에 의연한 모습으로 서 있었다.

이 도시의 역사는 2500년 전 중앙아시아 최대의 이슬람 성지로, 세계 문화유산으로 지정되어있는 우즈베키스탄의 부하라이다.

성지나 유물들이 정성스럽게 보관되거나 정리된 것은 아니지만 어느 곳도 새롭고 흥미롭지 않은 것이 없었다. 발 디디는 곳이 다 유적인데 현지인들은 그 사원 안에서 순박한 모습으로 토산품이나 생활용품을 판매하고 있다. 도시의 역사와 기록이 남아 있는 사막의 땅속 수십 미터를 발굴하면서 문화와 역사와 사람이 함께 살아가는 곳이다.

'빛이 땅에서 하늘로 비친다.'라는 부하라는 실크로드의 주요 오아시스로 인도의 모직과 중국의 비단이 이곳을 통해 오고 갔던 흔적이 아직도 곳곳에 남아 있었다.

정복자 칭기즈칸이 사막의 모래폭풍을 일으키며 늑대의 질주로 황폐하게 했다면, 티무르제국의 창립자 티무르는 쉬지 않은 정복사업을 하면서 세계 제일의 도시로 발전시키고 번창시켰다. 칭기즈칸의 카라부란이 휩쓸고 지나간 자리에는 시체가 산을 이루었고 코란은 발로 차이고 커다란 목조 사원은 불길에 휩싸였다. 그곳에 티무르는 유명한 건축가나 미술가들을 데려다 많은 모스크를 건축하였다. 그 시절의 흔적들이 절묘한 마법의 성으로 남아 이 땅의 후손들을 품고 있다. 정복자의 꿈, 파괴와 건설은 닮은꼴인지도 모른다.

칭기즈칸이 부하라를 침공해 수많은 유적을 무너뜨렸을 때도 유일하게 남겨진 1514년 칼란 칸 왕조 아르스 칸에 의해 지어진 칼란 미나렛은 중앙아시아에서 가장 높은 탑으로 높이가 46m나 되어 부하라 어느 곳에서도 보이는 부하라의 흥망을 지켜본 산 증인이라고 할 수 있다.

가운데 탑이 칼란 미나렛, 오른쪽이 칼란 모스크, 왼쪽은 미르 아랍 메드레세이다. 칼란 모스크는 16세기 전후로 전성기를 누렸던 부하라칸국 시절에 거대한 규모로 지어진 건물로 한꺼번에 12,000명 이상의 신도가 기도할 수 있다. 칼란 모스크와 마주 보고 있는 두 개의 아치형 푸른 돔을 가지고 있는 미르아랍 메드레세는 현재 학교의 역할을 하고 있다.

이 메드레세는 이 지역을 지배한 칸이 300명 이상의 페르시아인 노예를 매매한 자금으로 건설하였다. '이 메드레세의 토대는 벽돌과 점토가 아닌 사람의 눈물과 피와 슬픔이다'라는 기록이 있다.

죽음의 탑인 칼란 미나렛은 정상에 사방으로 16개의 창이 있어 16명의 무이진이 하루에 5번 기도 시간을 알리는 곳이다. 탑은 종교적 의미뿐만 아니라 오아시스를 찾는 대상들에게 사막의 등대가 되기도 했고, 한때는 사형수들을 자루에 넣어 떨어트리는 처형대로 사용하기도 했다. 지난날의 역사를 증명하듯 칼란 미나렛은 숱한 외침에도 파괴되지 않고 장구한 세월을 품고 웅장한 모습으로 하늘을 향해 우뚝 서 있다.

'달과 별의 궁전'이라고 하는 사토라이 모히호사 궁전의 정원은 나무들이 무성하고 화려한 꽃들이 피어 있었으며 천년의 후손이라는 공작들이 어딘가에 돌아다닌다는 칸국의 마지막 왕의 '여름 궁전'이다. 19세기 말부터 20세기 초에 러시아 건축가와 현지의 기술자가 만든 동서양의 양식이 혼합된 유럽풍의 건물로 대부분 푸른색 건물인데 여름 궁전의 정면은 붉은색으로 장식한 이색적인 모습이다. 그리 화려하지 않은 건물은 왕의 후궁들과 궁녀들이 거처하던 하렘이다. 안에는 후궁들의 일상을 볼 수 있는 물건들로 아기 바구니, 페치카, 침구, 양탄자, 일본 도자기, 그들이 입었던 옷과 가구들로 가득했다. 제일 눈에 띄는 것은 그녀들이 무료한 시간을 보내기 위해 한 땀 한 땀 수를 놓아 만들었다는 카펫의 아름다움이다. 그 빼어난 문양의 아름다움 앞에 카펫 짜는 여인의 외로움이 가슴 저리게 느껴졌다.

　옆에는 부하라 칸국의 국력이 강성했음을 말해주는 큰 규모의 연못이 있는데 연못가에 있는 망루는 칸 왕이 300여 명의 궁녀가 목욕하는 모습을 지켜보다 마음에 드는 궁녀가 있으면 앞에 있는 사과를 던져 그날 밤 칸을 모실 궁녀로 선택했다 한다. 이것이 권력을 휘두른 남자들의 변할 줄 모르는 여성 착취의 죄악임을 생각하며 씁쓸한 마음으로 발길을 돌렸다.

　사마르칸트로 가는 길은 오래되어 덜컹거리는 기차 안에서 정복자의 파괴와 건설을 생각하게 한다. 지친 피로감으로 휴식 겸 사색을 하며 창밖을 바라본다. 몇 마리의 소 떼들이 풀을 뜯으며 한가롭게 한낮을 즐기고, 드문드문 보이는 목화밭, 해바라기밭, 포도밭들은 이 땅의 풍성한 일용할 양식이 무엇인가를 말해주고 있다. 역주행 방향으로 달리는 기차 안에서의 시간은 확실히 타임머신을 탄 기분이었다. 맑은 태양은 한가로운 오후에 뒷걸음치는 시간을 달래며 서서히 현실 세계로 나를 끌어내고 있었다.

결혼, 사랑과 책임

　세상의 모든 행복이 너에게 머물기를 기원하며 결혼을 축하한다.

　새 보금자리를 만들기 위해 동분서주하는 너희를 바라보며 엄마는 신통하고, 고맙고, 감사했다. 도와주지 못해 안쓰럽기도 하고….

　너를 기르면서 나는 많이 행복했다. 때로는 살뜰한 딸처럼, 사랑하는 연인처럼 너는 그 누구도 들어주지 않는 나의 투정을 다 받아주었지.

　오직 너에게만 투정을 할 수 있었던 것은 너의 고운 심성 때문이었다.

　이제 평생을 아끼고 사랑하며 살아가야 할 배필을 만났으니 신의를 바탕으로 부부의 아름다운 꿈을 키우며 살아가기를 바란다.

　결혼 생활을 시작하는 너희가 잘 알아서 할 테지만 들려주고 싶은 몇 가지가 있어서 적어본다. 가끔씩 읽어보고 엄마의 마음을 기억해주렴.

그동안 읽었던 글 중 들려주고 싶은 것들인데 네 마음에 새기고 몸으로 실천하면 고맙겠구나.

결혼은 하얀 백지 위에 인생의 새로운 그림을 그려나가는 것이다.

깨끗한 백지에 아름답게 새 그림을 그리는 것은 바로 너희의 몫이다.

부부란 서로 다른 곳을 바라보는 것이 아니라 같은 곳을 바라보며 같이 걸어가는 것이라는 짜라투스트라의 말을 깊이 공감한다.

성경 공부를 하면서 '남자가 제 아내와 결합하여, 한 몸이 된다.'를 묵상하며 적어 두었던 글이다.

부부란 육체적 정신적으로 일치되어야 한다는 뜻으로 하느님께서 짝지어 주셨으니 마음대로 갈라설 수 없다. 아내는 주님에게 복종하듯 남편에게 복종하고 남편은 그리스도께서 교회를 사랑하시어 당신의 몸을 받치신 것과 같이 아내를 사랑해야 하며 부부는 서로 존경하며 한 몸이 되어야 한다. 결혼과 가정의 중요성은 서로 다른 세계에서 살아오다 새로운 가정을 이루는 미지의 세계에 대한 인간의 창조 작업이다. 결혼 후 자녀가 생기면 훌륭히 키울 의무와 책임을 부여받게 된다.

결혼하기 전에는 부모와 형제들의 지극한 사랑과 보호 속에서 철없이 보낼 수 있었지만, 결혼과 함께 양가 부모님을 섬기고 배우자를 도우며 형제들께 우애를 지키고 자녀에게 자애롭고 현명한 부모가 되어야 하는 책임은 막중한 것이다.

결혼이란 두 병사가 전쟁에 나가는 것과 같아서 서로 싸우고 상처를 주지만, 그러나 서로 이해하고 위로하며 관계를 다시 회복하는 것이다.

처음부터 창조주께서는 남자와 여자를 만드셔서 서로 결합하여 짝지어 주시고 사람의 힘으로 갈라놓을 수 없다 하셨다. 세상의 수많은 사람 중에 단 한 사람과의 인연은 참으로 기이하고 소중하니 하느님께서 주신 특별한 은총임이 분명하다. 너희들 결혼을 생각하며 무슨 말을 해줄까 생각하다가 문득 오래전에 써둔 글이 생각나서 적어보았다.

앞으로 사랑스러운 아들, 딸을 낳아 잘 기르며 평화롭고 행복한 가정을 만들어 축복이 가득한 세상에서 살기를 간절히 기도한다.

부디 건강하고 행복하게 지내렴. 온 마음으로 결혼을 축하한다.

2009년 11월 28일 내 아들 상범에게
엄마가

칼멘과 비올레타

오페라 극장에서 나오니 잎이 다 떨어진 나뭇가지 사이로 싸락눈이 사그락사그락 내리고 있었다.

"어머! 첫눈이네. 첫눈이 와요. 싸락눈이에요."

많은 사람이 아이처럼 흥분에 들떠 한마디씩 하고 있었다.

아직 가슴엔 카르멘과 라트라비타의 음률이 잔잔히 남아 있었는데 싸리눈이 애잔한 선율을 계속 생각나게 한다.

예술의 전당 토요 콘서트를 관람했다. 오페라의 「두 여인」이란 제목으로 비제의 오페라 「카르멘」과 베르디 오페라 「라트라비타」가 KBS 교향악단과 한국을 대표하는 차세대 이병욱 지휘자가 연주하는 콘서트였다. 해설과 연주와 성악으로 이루어진 콘텐츠가 대중의 이해도를 높여주는 것 같다. 오페라의 두 여인은 담배공장에서 일하던 소녀였는데 각기 다른 인생을 살아가는 이야기다.

탁월한 연기력과 미모로 주목을 받는 메조소프라노 김정미의 카르멘 역은 비극적 삶을 마무리하는 과정을 특유한 춤과 매력적인 음색의 연주가 관중을 사로잡았고 소프라노 홍영주의 미색 성량은 라트라비타 비올레타의 행복과 슬픔이 고스란히 배어있어 듣는이의 가슴을 울렸다.

스페인 바스크 지방 출신 하사인 돈 호세는 탱고와 비슷한 두 박자 리듬에 따라 춤곡인 하바네라를 부르며 자신에게 꽃을 던져준 담배공장 여공인 집시에게 반한다. 이미 약혼녀가 있는 돈 호세는 카르멘을 잊지 못하고 있는데, 동료와 싸우다 폭행죄로 카르멘이 체포된다. 호송 책임을 진 호세에게 카르멘이 스페인 춤곡 '세기디아'로 유혹을 하니 호세는 카르멘을 도주시켜준다. 나른하게 시작했다가 점점 빨라지고 강렬해지는 '집시의 노래' 술집에서 부르는 '투우사의 노래'가 공연장을 채웠다.

카르멘을 도주시킨 호세는 대신 감옥에 들어갔다가 출옥해 돌아와, 투우사 에스키미요에게 반한 카르멘에게 강한 질투심을 느낀다. 호세는 투우장에서 카르멘을 살해하고 부르는 '누구요? 나요'를 부르며 카르멘이 막을 내린다.

라트라비타는 상류사회 남성의 사교계 모임에 동반하여 정부 역할을 하던 여성(길을 잘못 든 여자)이다. 비올레타를 먼발치에서 바라보던 알프레도는 '어느 행복했던 날'이라는 아리아를 부르며 사랑을 고백한다. 오랜만에 찾아온 진실한 사랑에 맘이 설레면서 부르는 '이상해 아 그이였던가. 언제나 자유롭게'를 부른다. 사교계 생활을 미련 없이 청산하고 알프레도와 행복한 도피 생활을 하며 '불타는 가슴을, 나의 비겁함이여'를 부르며 살아간다. 비올레타를 찾아온 알프레도 아버지와 함께 부르는 '친애하는 발레리나 씨'는 알프레도와 헤어지라고 설득하는 이중창이다. 병이 깊어 간 비올레타와 알프레도는 '파리를 떠나서'를 이중창으로 부르는데, 늦은 후회를 하고 다시 찾아온 아버지 제르몽이 나타나 비올레타에게 용서를 구하지만, 비올레타는 알프레도에게 자신의 초상화를 남기고 숨을 거둔다.

이번 콘서트는 여자의 운명이란 시간과 공간과 이성의 만남에서 얼마나 달라질 수 있는지를 생각하게 했다. 서로 다른 삶을 살다 간 두 여인의 이야기에서 아름다움과 정열을 만끽했다.

오늘의 오페라는 사랑과 미움, 격정과 질투를 통한 인간관계의 이해와 흑백을 생각하게 했다.

병실의 쓸쓸함

하얀 시트 위에 누워 창밖을 바라본다. 바람결에 한잎 두잎 갈
잎들이 땅으로 떨어지는 아픔을 안겨 준다. 언젠가는 나 역시
저렇게 세상을 떠나야 하는데 왜 이렇게 맥없이 병실에서 서성
이고 있는지….

병든 내 모습이 초라하다.

창틀의 바람이 싸늘하게 느껴지는 어느 날 저녁 식사를 마치
고 거실에 있던 내게 갑자기 찾아온 손과 얼굴의 뒤틀림은 큰
충격이었다. 서둘러 찾아간 병원에서 MRI 촬영으로 뇌경색 판정
을 받았다. 순간 벼락을 맞고 절망의 끝자락에 상처투성이로 서
있는 기분이었다.

'나는 어쩌면 좋지, 어떻게 해야지?'

입원실에서 환자복으로 갈아입는 순간 죄수복을 온몸에 걸치
는 것 같았다. 무엇을 하고 있는 것인가. 어떻게 이런 모습으로
여기에 있는 것인가. 갑자기 희미해지는 내 길에 하나의 가림막

이 만들어지고 있다는 생각이 드니 전신에 다시 경련이 일었다. 죽음이 두려운 게 아니라 삶의 질이 추하게 떨어진 채 살아야 할지도 모른다는 두려움 때문이다.

　칙칙한 병실 한 모퉁이, 죽음의 끝자락에서 기계에 의존하여 삶을 연장하고 있는 환자들과의 동거는 차라리 숨을 멈추고 싶다는 충동을 일으킨다.

　환자들은 인간이기를 포기한 듯 동물적 생명의 연장선상에서 사투를 벌이며 시간과 전쟁을 하고 있다. 의료기계에 전신을 맡기고 의식意識은 하늘로 한 발짝씩 들여놓고 있는 그들은 사람의 존엄성을 이미 상실한 것 같았다.

　도저히 잠을 이룰 수가 없었다. 산다는 것이 이토록 고역이란 생각이 끝없이 나를 괴롭혔다.

　다음날 2인실로 병실을 옮겼다. 그곳에 또 다른 환자가 온종일 수다로 다른 사람을 괴롭히자 다시 1인 병실로 옮겨 겨우 마음의 안정을 찾았다.

　창밖은 바람결에 힘없이 떨어지는 잎들이 아무런 저항도 없이 땅으로 내려앉고 있었다. 찬란했던 여름날이 속절없이 항복을 하고 있다.

살면서 무엇을 어떻게 실수를 한 것인가. 자신을 얼마나 소홀히 대접했기에 이런 모습으로 병실에 누워있는 것인가를 생각하니 허망해진다 모두 건강한 모습으로 잘 살아가는데 내 어리석음이 마디마디 삶에 얽히고설키어 힘겨웠는지 모른다. 생의 자신감이 모두 빠져나가고 앞으로 검불처럼 살아갈 내 모습이 눈앞에 보였다. 전신이 몰매를 맞은 것처럼 나른하고 또 다른 쓸쓸함이 내 삶에서 시작될 것이란 불안감이 온몸을 짓눌렀다.

　이제 겨우 걸음마를 배우는 어린 손자가 병실로 어미의 손을 잡고 아장아장 걸어온다. 아이를 보는 순간 모든 아픔의 고통에서 벗어났다. 보석 같은 아이는 내 생각을 바꾸고 희망을 주면서 연실 벙실거린다. 이것이 바로 하늘의 은혜요 내가 다시 살아야 할 이유가 된다.
　'괜찮아, 괜찮아' 내 입가에 미소가 번진다.
　긴 어둠의 터널을 지나온 기분이다.
　작은 천사는 서툰 걸음으로 다가와 외로운 할미의 영혼을 다독여 새로운 희망을 듬뿍 안겨준다. 이 아이가 자라서 나를 할미라 부르는 소리를 들어야 하고, 작은 입으로 부르는 노래도 들어야 하고, 삐뚤삐뚤 서툰 솜씨로 글을 써가는 모습도 꼭 보아야 한다.
　'그래 살아보자. 있는 힘을 다해서…'

내게 치유의 묘약을 주고 병실을 떠나는 손자의 뒷모습이 사랑스럽다.

모두가 떠나간 텅 빈 병실의 쓸쓸함, 그간 만났던 인연들이 허공 속에서 오란 듯이 손짓을 한다.

내일의 삶이 비록 찬란하지는 않더라도 영육이 건강하게 살고 싶다.

이 쓸쓸한 밤, 좁은 가슴을 활짝 펴고 긴 호흡을 하며 텅 빈 병실에서 가벼운 잠을 청한다.

꽃 몸살

가을이 오면 꽃 몸살을 앓는다. 몇 년 전에 다녀왔던 영광 불
갑사의 매혹적인 상사화는 꽃 몸살의 전조증상이다. 몇 해 전
고즈넉한 산사의 검푸른 산그늘에 처연한 아름다움으로 붉게
물들었던 상사화에 설레던 마음이 지금껏 가시질 않는다. 구월
이 되면 불갑사의 꽃길을 걸어 보고 싶다고 별렀기만 쉽게 길을
나서지 못했다. 우연히 L 여사 부부와 우리 부부는 변산에 숙소
를 정하고 1박 2일의 여행길에 올랐다. 복잡한 꽃 축제의 날을
피해 새벽길을 달려 상사화를 만나러 갔다. 맑은 날씨에 하늘은
예쁘고 공기 냄새도 선선하다. 논에서 누렇게 익어 가는 나락은
가을 무게를 견디지 못해 고개를 점점 숙여 가고 있었다.

일찍 변산에 도착한 우리는 속인의 발길을 쉽게 허락하지 않
는다는 절집 내소사를 찾았다. 초입에서부터 하늘을 찌를 듯 솟
아올라 터널을 만들어 놓은 향기가 그윽한 전나무 숲길을 따라
걸었다. 단청이 퇴색하여 나뭇결이 그대로 드러난 고풍스러운

산사, 산과 하늘과 숲과 바람이 잘 어우러진 가람은 옛 그대로 보존되어 문화재로서의 가치를 발한다.

　다음날 선운사 울창한 단풍나무 숲길을 따라 상사화 꽃길을 걸었다. 이 꽃은 겨울 눈 속에서 난초 잎 같은 잎이 무성하게 돋아나 장마가 지나고 나면 잎이 말라 죽는다. 그러나 다시 9월이 오면 잎이 다 자취를 감추었던 그 자리에 꽃대가 솟아올라 진홍빛 꽃송이들이 화려하게 무리 지어 피어난다.
　선운사 골짜기에 붉은 융단을 깔아 놓은 것처럼 피어 있는 상상화는 입구에서부터 꽃 마당을 만들어 놓았다. 너무나 많은 꽃에 놀라고 황홀경에 빠졌지만 아쉬움을 남겨 놓고 불갑사로 향했다.

　불갑사 가는 길도 상사화가 만개하여 오고 가는 이들을 반기고 있었다. 맑은 가을 하늘 아래 꽃들은 길가에서 정신을 홀리듯 환상 속으로 몰고 간다. 가냘픈 꽃대 위에 붉은 꽃잎이 부드러운 주름과 기다란 꽃술로 단장하고 서로 자태를 뽐내며 오가는 이들을 유혹했다. 누구나 가지고 있는 스마트폰의 숨결이 바빠지는 것도 이 모습을 오래도록 보고자 함일 것이다. 초점을 맞추던 L 여사는
"이렇게 많은 상사화는 처음 본다."라며 탄성을 지른다.

평생에 볼 수 있는 상사화를 모조리 보는듯하다고.

가을 산언덕에 뿌려진 꽃들이 만들어 내는 풍경은 쓸쓸한 계절이 주는 아이러니한 유혹이다. 붉은 꽃들은 유독 사찰의 나지막한 담장에 많이 피어 있는데 얼굴을 맞대고 가벼운 바람에 흔들리는 모습이 더더욱 곱고 아름답다.

많은 관광객으로 상업화되어버린 사찰은 정숙하고 고요한 모습이 이미 사라진 듯하다. 옹기종기 들어선 가람은 천국 길을 걷는 것처럼 편안하고 아늑하지 않고 웅장하고 화려한 모습으로 변신해있었다.

아쉬운 마음으로 돌아서는데 안개비에 젖은 상사화가 소녀 생각에 시름시름 앓다 죽었다는 전설 속의 애잔한 스님 얼굴을 떠오르게 한다.

봄이 가져다준 선물

봄이 궁금해 창밖을 본다.

뿌연 황사 바람 사이로 개나리가 고개를 내밀고 목련이 인사를 한다. 오한을 견디고 멀리 있는 길을 돌아온 사월이 싸리문 앞에 서 있다. 봄 풍경이 펼쳐지리라 상상할 수 없도록 꾸물거리던 봄바람이 몸짓으로, 빛깔로, 향기로, 꽃망울을 매달고 나뭇가지를 흔든다. 목이 마른 나무는 물을 마시고, 가슴이 마른 사람은 눈물을 마시며 초록 꿈을 꾸는 싱그러운 봄이 왔다.

삶의 한 매듭을 봄 햇살에 풀어놓는다.

긴 시간 품에 안겨있던 자식들이 배필을 만나 성가하므로 겨울 같던 가슴 속 바다의 파고가 잔잔해졌다. 자식은 내 안의 바다였지만, 이제 그들만의 바다로 떠나니 그제야 나의 봄이 문 앞에 찾아왔다.

오직 그들의 삶이 '하나도 그대요, 둘도 그대요, 셋도 그대'라는 사랑과 믿음으로 영원히 변하지 않기를 바라는 마음이다.

어쨌든 봄은 오고야 만다는 사실처럼 싱그러운 계절에 성가한 내 아이의 사랑이 변하지 않기를 원한다.

"어머니! 어머니가 할머니가 되신대요."

하늘에서 별 하나가 뚝 떨어져 내 가슴에 안기는 기분이라서 그 순간 너무 벅차서 우왕좌왕 말을 잃었다. 무슨 말로 고맙고 사랑스러운 마음을 전할 수 있을까. 나는 벙어리가 되어 잠시 숨을 멈췄다.

"고맙구나. 할머니 만들어 줘서."

큰아들이 결혼한 날은 봄비가 조용히 내렸다. 축하객들은 조금 불편했겠지만, 축복의 빗소리를 사랑의 리듬으로 들으며 나는 얼마나 행복했는지 모른다. 오랜 세월을 내 곁에 있던 아들이 짝을 찾아 떠나는 날이었다.

"살다 보니 이런 날도 있구나."

아들이 한 여인을 만나서 새로운 출발을 시작했다.

그 후 간절히 기다렸던 아기가 조용히 우리 곁에 찾아왔다.

"어머니, 내년에는 탐나와 셋이서 올게요."

예쁜 카드에 엄마가 되어가는 큰며느리의 사랑 글이 고맙고 고마웠다.

탐나는 엄마를 힘들게 하지 않고 뱃속에서 안전하고 씩씩하게 자라고 있다.

경사가 겹쳐 왔다.

"어머니~~ 병원에 다녀왔어요. 저 아기가 생겼데요."

작은 며느리의 전화다. 티마가 세상에 노크하던 날이다. 탐나가 생겼다는 말을 전하기가 조심스러웠는데 티마도 우리 곁으로 조용히 찾아왔다. 한꺼번에 얻은 두 사랑의 선물을 감사로 마음 가득 담아 안는다. 당연한 일이지만 세상에서 나만의 축복인 것같이 기뻤다. 미국에 있는 내 아들을 따라 사랑하는 마음 하나만 믿고 외국으로 가느라 가족을 떠난 작은며느리가 안쓰러웠는데 씩씩하게 잘 지내는 모습이 고맙고 대견했다. 어디서 무엇을 하느라 이렇게 늦게들 만났는지, 조금 일찍 만났더라면 하는 욕심이 내 안에 꿈틀거릴 때면 나는 그냥 웃는다. 욕심은 끝을 모른다. 지금껏 결혼을 안 하고 있었으면 어떠했겠는가. 생각조차 하기 싫다.

탐나와 티마가 세상에 태어나기를 기다리는 기쁨이 한없이 크다. 머리로는 손자 자랑을 하지 않으려고 노력하지만 내 입은 어느새 아이들 이야기로 얼굴이 빨개지도록 떠들고 있다. 하늘이 보내준 두 생명을 끌어안는 나는 봄이 가져다준 선물로 봄 향기에 취하고 또 취한다.

나날이 살맛이 나는 내가 희망에 찬 새봄의 소리를 듣는 것은 봄이 준 선물 때문이다.

2010년 4월 6일

4부
가을 문턱을 넘으며

빛나던 사랑은 어느새 외로움이 되고
몇몇은 벌써 내 곁을 떠났다.
누군가의 마음 밭에는
아직도 사랑의 열매가 익어 가고 있는데
가을의 문턱을 넘으며
내 가슴속에는
많은 만남과 이별이 술래를 돌고 있다.

" 숲은 태양 열기에 녹 익은 잎새들이 몸을 떨구기 위해 마지막을 준비하고, **"**
길가 코스모스는 가는 허리에 꽃씨를 매달고 바람에 흔들린다.

꽃은 다시 피는데

4월의 햇살이 온 누리에 퍼져가고 있다. 숨 막히게 얼어붙었던 땅이 커다란 기지개를 켜고 숨을 몰아쉬면 대지의 황홀한 춤은 생명의 땅으로 바뀐다. 여기저기 시샘이라도 하는 듯 자연은 다시 싹을 틔우고 꽃을 피운다. 부르지 않아도 계절은 이렇게 제 모습을 찾아 어김없이 돌아오는데 인간도 매해 이렇게 다시 피어날 수 있다면 얼마나 좋을까?

그녀의 딸에게서 전화가 왔다.

딸은 엄마가 몸이 매우 불편해서 전화할 수도 받을 수 없다고 하며 지금 중환자실에 있다는 청천벽력 같은 소리를 한다. 얼마 전까지 통화했던 그녀가 삶의 끝자락을 잡고 사투 중인데 코로나로 지금은 병문안조차 마음대로 할 수 없다. 마스크로 입과 코를 막고 거리 두기로 5명 이상 만나지도 못하게 되어 있는 아주 고약한 시기다. 어디서부터 이렇게 잘못된 세상이 되었는지 모른다. 금방이라도 달려가고픈 마음을 꼭꼭 접고 언제고 면회

할 수 있으면 다시 연락해 달라는 말을 할 수밖에 없었다.

얼마 후 간병인의 도움으로 어설픈 그녀의 음성을 들을 수 있었다. 우리가 왜 이렇게 살아야 하느냐는 그녀의 안쓰러운 하소연을 몇 마디 듣고 통화를 끝냈다. 얼마 후 다시 딸에게서 전화가 왔다. 마지막이 될지 몰라서 연락했다는 말과 지금이 엄마의 상태가 좀 나은 편이라고 했다. 엄마가 나를 보고 싶어 하니 시간이 되면 한번 병원에 올 수 있느냐고 물었다. 속히 가겠다고 약속을 하고 다음 날 그녀를 찾아갔다. 떨리는 마음으로 병실에 들어서니 파파 할머니가 되어버린 그녀가 퀭한 눈으로 나를 보더니, 희미한 미소를 짓는다.

무슨 말을 어떻게 해야 할지를 몰라 더듬더듬 겨우 할 수 있는 말이 "너 왜 여기 이렇게 누워있는 거야?"였다.

우리는 벌써 삶의 끝자락을 붙들고 살아가는 사람들 같다. 대지는 시간이 지나도 언제나 새롭게 피어나고, 사람들은 내일을 향해 활기차게 살아가고 있는데 혼자의 힘으로는 움직일 수조차 없는 그녀가 병상에 누워 꼼작도 못 하고 눈만 껌벅거린다.

'너를 어쩌면 좋으니!'

두 손을 잡고 그녀의 얼굴만 바라볼 뿐 아무 말도 할 수가 없었다.

신은 지금 어디에서 무엇을 하고 계실까?

"하느님이 계신다면 이 여인을 도와주소서. 이 여자 아직은 당신 곁으로 데려가시면 안 됩니다. 자식들 결혼도 시키지 못했습니다. 죽음 앞에서도 자식 걱정만 하고 있네요."

세상을 살면서 어떤 이는 남의 가슴에 아픔을 주고 자기의 행복만을 추구하는데 그녀는 마음이 너무나 고와서 남에게 아픔을 주기보다 평생 상처만 받으며 살았다. 어린 시절은 누구보다도 남부럽지 않게 사랑을 받으며 자랐는데, 젊은 나이에 바람난 남편과의 이혼으로 남매를 키우느라 안 해본 일이 없이 부지런하고 성실하게 살았다.

열심히 살아온 대가가 이렇게 무서운 병마인 것이 억울하다. 착하게 살면 복을 받고 악하게 살면 벌을 받아야 하는 것이 마땅하다고 생각했는데….

아무런 보상도 없이 꺼져가는 목숨 줄을 잡고 침상에 누워있는 그녀를 두고 돌아서는 내 마음이 돌덩이처럼 무거웠다.

뇌출혈로 쓰러져 이승과 저승을 오가는 남편을 살리기 위해 나 또한 얼마나 몸부림치며 뛰어다녔던가. 지금은 어느 정도 건강을 회복한 남편을 위해 나를 버리고 살아온 시간이 벌써 일 년 반이 지났다. 가끔씩 낯선 세상을 헤매는 남편이지만 그래도 걸을 힘과 말할 수 있는 능력이라도 주셨으니 감사할 일이라 생각하며 살고 있다. 이렇게 내 주변의 사람들이 하나, 둘, 가느다란 생명을 잡고 살아가는 모습을 보며 무력감에 빠진다.

　나는 지금 삶의 끝자락에 서 있는 사람들과 다가올 이별의 아
픔을 혹독한 형벌로 받아들이고 있다.

토담집 수국

"어머! 벌써 수국이 이렇게 피어 있네."

친구들과 점심 먹고 나온 식당 앞 자그마한 꽃 마당에 소담하게 피어 있는 하얀 수국과 파란 수국이 마음을 사로잡았다. 그곳에는 화려한 여러 종의 꽃들이 제멋을 뽐내고 있다. 유난히 마음을 사로잡는 것은 파란 수국이다. 꽃으로는 그리 흔하지 않은 색, 파란색의 수국은 회상의 뒤안길로 나를 끌고 간다. 꽃 속에는 정겨운 이들의 얼굴이 있고, 철없이 뜀박질하던 옛날이 숨어 있다.

어린 시절 토담 안에 있는 작은 정원에 햇살이 퍼지면 뒷동산에 노란 개나리가 먼저 피기 시작한다. 잠자던 가지 사이로 자목련이 하나, 둘 서로 시샘이라도 하듯 피어나면 뜰은 온통 꽃바람으로 하루가 다르게 변해간다. 자목련 꽃잎이 떨어지고 태양에 온몸이 나른해질 무렵이면 목련의 무성한 가지 사이로 커다란 파초 잎이 그늘을 만들고, 탐스러운 수국도 피기 시작했다.

파란색도 분홍색도 아닌 백, 홍, 청색이 뒤섞인 작은 송이들이 모여 서로 얼굴을 비비며 큰 꽃송이로 피어난다. 칠면조처럼 여러 색으로 피기에 꼭 집어 어떤 빛깔이라 말을 할 수가 없어 더 신기하고 사랑스러웠다. 우리 집에만 수국이 피어 있기에 우리 집 작은 정원이 자랑스러웠다.

많은 세월이 흐른 뒤 이렇게 토담집 카페에 잔잔히 비가 내리는 날. 커다란 함지박에 피어 있는 산수국을 만나니 소녀처럼 가슴이 뛴다. 무성화로 피어 열매를 맺지 않는다는 수국만 보다가 무성화와 유성화가 같이 피어 열매를 맺을 수 있는 산수국은 희한한 꽃이다.

산수국은 이곳저곳의 식물원에서 만날 수 있다.

넘치도록 피어 있는 '아침 고요 수목원'의 화려한 수국밭은 향기 없는 향기 때문에 전신이 나른했다. 산비탈에 군락지를 이루고 있는 '고운 식물원'의 산수국이 끝을 모르게 피어 있어 발걸음이 떨어지지 않았다.

정열적이거나, 정감 있고 완벽하거나, 원색적인 색이 아닌 고독의 색이며 치유와 희망의 색인 파란 빛깔의 꽃이 있다는 것이 신기하다. 수국만이 가질 수 있는 파란색은 이제 양분과 토질에 따라 조금씩 달라져 여러 색상으로 한껏 뽐을 낸다.

흰색, 파란색, 분홍색……

내가 수국을 좋아하는 이유는 단아하고 고급스러운 꽃은 아니지만, 고향에서 나와 같이 자란 꽃이기 때문이다. 작은 꽃들이 모여 커다란 한 송이의 꽃을 만들어 내는 화송이 그리 흔한 것은 아니다. 꽃 속을 들여다보면 그 속에서 소곤소곤 이야기 소리가 들리는 것 같다.

여러 형제가 모여서 살다 보니 우리는 서로 비비고 다투고 사랑하며 자랐다. 혼자가 아니라 친구가 되고, 버팀목이 되어 줄 형제가 많은 것처럼 수국의 많은 꽃잎이 모여 한 송이로 피어 있는 모습이 보기에 좋다.

우리 집 베란다에 있는 산수국을 살펴본다. 오래전에 식물원에서 사 온 산수국은 비실비실하다. 간신히 버팀대에 몸을 의지하고 새잎을 피우는 모습이 안쓰럽다. 영양제 한두 병을 꽂아주며 미안한 마음을 달래본다. 그래도 해마다 어김없이 몇 송이라도 꽃을 피워 즐거움을 선사하는 것이 고마웠는데 올해는 얼마나 많은 꽃을 피워 나를 기쁘게 해줄지 기대가 크다.

곶감 떡

처마 밑에 매달려 있는 곶감이 텔레비전 화면에 가득하다. 옛날에는 그렇게 귀하던 곶감이 지금은 곶감 공장처럼 주렁주렁 장대에 매달려 있는 풍경이 곶감 떡을 생각나게 한다.

낙엽이 바람에 한 잎 두 잎 땅에 뒹굴기 시작하면 과수원 한 모퉁이에 서 있는 감나무가 온통 주황색으로 물이 든다.

사과나무가 있는 낮은 뚝 사이에 커다란 감나무 그늘은 여름날 시원한 우리들의 놀이터였다. 그늘에 평상을 펴놓고 그 위에서 잘 놀던 나는 유난히 감에 대한 추억이 많다. 감꽃이 피면 동무들과 달콤한 감꽃을 따서 먹기도 하고, 감꽃으로 왕관을 만들어 쓰기도 하고, 목걸이를 만들어 목에 걸고 뛰어다니며 술래잡기를 하던 그곳은 동네 놀이공원이었다.

어느새 감이 주먹만 하게 익어 가기 시작하면 동무들은 떨어진 감 찾기 술래 전쟁이 시작된다.

여름방학 중 장마가 그칠 무렵 마음껏 늦잠을 자고 싶어도 엄마가 새벽 단잠을 깨우며 땅에 떨어진 감을 주워오라고 채근을 했다.

먹거리가 시원치 않던 시절, 다른 아이들이 풋감을 먼저 주워가기 전에 빨리 주워오라는 엄마의 재촉이다. 잠이 덜 깬 나는 짜증을 내며 감나무 밑을 헤매고 다녔다. 주어온 감 중 익은 것은 먼저 먹고, 덜 익은 것은 뜨물에 며칠 담갔다가 후에 먹는, 맛난 간식이었다. 약간의 떫은맛과 달콤하고 부드러운 감 냄새가 아직도 혀끝에 미각으로 살아있다.

가을이 되면 붉은 감을 따서 껍질을 깎은 후 햇볕에 꾸들꾸들하게 말리어 쫀득한 곶감을 만들었다. 땡감은 항아리에 볏짚을 깔고 차곡차곡 담아 골방에 두고 잘 익은 홍시가 되기를 기다린다.

홍시는 으뜸 간식거리다. 함박눈이 내리는 겨울밤이 되면 어른들은 이웃들과 홍시를 나누어 먹으며 담소를 나누시곤 했다. 찬바람이 문풍지 사이로 싸늘하게 파고들 때쯤 어머니는 멥쌀에 곶감 껍질을 버무린 곶감 떡을 만들어 주셨는데 먹어 본 떡 중에 최고의 달콤한 떡이다. 말린 곶감 껍질로 만들어진 곶감 떡은 영양이 풍부한 백설기가 되어 간식이 부족했던 우리를 얼마나 행복하게 했는지.

곶감 떡은 이렇게 만든다.

곶감 껍질과 약간의 곶감 살을 썰어서 씨를 뺀 대추와 물을 넣고 체에 내린 쌀가루를 골고루 섞는다. 찜기에 면 보를 깔고 설탕을 솔솔 뿌려주고 그 위에 준비된 재료를 다 넣어 고루 편 다음 시루에 20~30분 정도 찌면 끝이다. 쫀득하고 달콤한 맛이 나는 곶감 떡은 겨울철 별미 중 별미이다.

곶감에는 여러 가지 효능이 있다. 곶감 겉살의 흰 가루는 당분 가루로 폐에 효과가 있어 기관지를 튼튼하게 하고, 타닌 성분은 고혈압 예방을 도와준다. 또한 비위와 정력 강화에 효과가 있고 감의 떫은맛은 설사를 개선하며 숙취나 감기 예방에 좋은 효과가 있다 한다.

주렁주렁 나뭇가지에 매달려 있던 감을 따서 깊이 보관해 두었다가 추운 겨울 이웃집에 환자라도 생기면 치마폭에 홍시 몇 알을 감추고 슬그머니 집을 나서시던 어머니가 생각난다. 홍시나 곶감은 굳이 영양가를 따지지 않아도 보약 같은 과일이다.

곶감을 얻어먹기 위해 어른의 심부름도 마다하지 않고 눈치를 보며 조심하던 어린 날들이 있었다. 감의 껍질조차 귀했던 시절에 맛나게 먹었던 곶감과 곶감 떡, 겨울이면 꼭 곶감 떡을 해주시던 울 엄마.

아- 보고 싶다!

Freedom is not free

백악관 앞에 우리가 도착했을 때는 가랑비가 내리고 있었다.

미국의 대통령 관저 백악관은 가을비 속에 각 부처 건물이 에둘러 우리를 맞아 주었다. 관저라 하기엔 그 규모가 너무 소박함에 놀랐다.

정적이 감도는 백악관 앞에서 한 무리의 한국인을 만날 수 있었다. 허름한 군복 위에 비옷을 걸치고 태극기를 앞에 두고 침묵시위를 하는 퇴역 병사들이다.

그들은 대한민국 고엽제 전우회로 2010년 10월 5일부터 17일까지 백악관 앞에서 고엽제 후유증을 알리고, 피해 배상을 촉구하는 침묵시위를 하는 중이라 했다.

전쟁은 승자에게도 패자에게도 무서운 결과가 기다린다. 해서절대로 전쟁은 일어나서는 안 된다. 전쟁은 인류를 파괴하는 괴물이다. 전쟁을 반대하는 미국 할머니가 10년 동안 혼자 텐트를 치고 백악관을 상대로 침묵시위를 하고 있었다. 허름한 천막 속에서 살고 있는 할머니는 한국에서 왔다는 우리를 반가워했다. 힘내라고 위로의 미소와 얼마간의 후원금을 놓고 돌아서며, 할머니가 원하는 소망이자 우리 모두의 소원인 평화가 속히 이루어지기를 바랐다.

  천천히 발길을 옮겨 공원 안에 있는 링컨기념관을 들러 한국전쟁기념관으로 갔다. 그곳은 6·25전쟁에 참전한 다국적군인 참전용사 19명의 동상이 서 있는 곳이다. 동상 옆에는 커다란 검은 대리석이 담을 이루고 있는데 그 벽에는 동상 19개가 반사되어 합하면 38명의 동상이 된다. 이것은 우리나라 38선을 상징한다고 한다. 대리석에는 여러 한국전쟁 사진이 조각되어있었고 그 머리 위에는 'Freedom is not free'라는 문장이 쓰여 있었다.
  병사들의 동상은 판초를 입고 무거운 장비를 짊어지고 결의에 찬, 용감한 모습으로 대열을 이루고 있다. 병사마다 한쪽 발을 내어 딛고 있는 시선의 기울임은 지금이라도 조국이 부르면 당장 달려갈 기세를 강하게 느끼게 했다.
  미국인은 애국심이 대단하다. 조국을 위해 전쟁에 나가서 전사한 이들에 대한 존경과 그 유족들이 당당하게 자부심을 품고 살아가도록 돕는다.

한국전쟁 때 사망한 미군이 35만 명이 넘고 부상한 미군이 10만 명이 넘으며, 포로가 7천 명이 넘는 숫자라고 한다. 이 많은 군인은 세계평화를 위해 조국이 부름을 받고 생면부지의 조그맣고 가난한 나라 대한민국의 자유를 지켜주기 위해 분연히 나섰다.

이들에게 고맙고 감사한 마음에 숙인 고개를 차마 들 수가 없었다.

대리석 벽면에 새겨진 "자유는 그냥 얻어지는 것이 아니다."라는 문구는 지금 우리가 누리는 자유가 그들의 희생이 일궈 놓은 결과임을 단적으로 표현한 어구다. 과거는 지나간 역사가 아니라, 오늘의 자유를 위한 소중한 희생으로 남아 있는 시간임을 기억해야 할 것이다.

동상 앞에서 사진 한 장 찍는 것도 참전용사들에게 죄스럽고, 송구했다.

자유는 그냥 얻어지는 것이 아니라는 말을 가슴에 안고 이 땅 위에 평화가 영원하기를 바라는 마음으로 조용히 두 손을 모았다.

가을 문턱을 넘으며

알곡으로 왕관을 만들어 쓰기 위해 땀 흘리는 여인이, 풍요가 넘치는 계절 가을에게로 걸어가고 있다. 숲은 태양 열기에 녹익은 잎새들이 몸을 떨구기 위해 마지막을 준비하고, 길가 코스모스는 가는 허리에 꽃씨를 매달고 바람에 흔들린다.

나의 삶도 가을 문턱을 넘는데 나는 무슨 알곡을 맺으려고 여기까지 왔을까를 생각해 본다. 일상의 그림자를 안고 이 골목 저 골목 서성이며 속절없이 흘러가는 시간 속에서 나는 늘 숨을 크게 들이쉬고 내쉬어가며 헉헉대야 했다. 때로는 행복했고 때로는 괴롭고 쓸쓸한 순간들이 이어졌다. 내 나름의 살아 있음을 증명하기 위해 온 힘을 다하며 "정이 있는 사람으로 사는 것"을 바람으로 삼고 살았다. 그 누구에게 특별한 존재가 되기 위해 애쓴 적은 없지만 내 책임을 남에게 전가하며 살지는 않았다고 생각한다.

그녀의 가을은 버거운 행복이다. 그녀의 등이 구십도 각도로 굽은 까닭은 남편과 일찍 사별하고 가장이 되어, 혼자 짊어진 삶의 무게가 너무 무겁기 때문일 것이다. 자신의 배움이 부족한 한을 풀기 위해 지나친 자녀 교육열과 희생으로 자식에게 집착하고 몰두하게 한 것 같다. 결혼한 아들과 함께 살면서 할머니가 좋다는 어린 손자들의 말에 살림과 육아까지 전부 도맡아 허우적대는 모습이 보기에 안쓰러웠다. 발톱이 빠지도록 뛰어다니며 사서 고생을 하니 등은 점점 굽고 자신감과 존재감이 쇠퇴해 가고 있었다. 그녀의 말릴 수 없는 외사랑을 향해 친구들은 칭찬 반, 염려 반이었다. 누구는 바보라 하고, 누구는 지순한 사랑의 희생이라고 한다.

남들이 아무리 무어라 해도 행복하다고 말하며 힘들다는 투정 한번 하지 않는 그녀가 가을을 닮아가고 있다.

그를 동창회서 만나고 온 친구가 안타까운 소식을 전한다. 마지막이 될지도 모른다는 심정으로 동창 모임에 참석했단다. 그리고 그는 떠났다.

어린 날, 솔 향기 가득한 시골 마을에서 이웃하며 살던 친구, 가무잡잡한 모습에 씩씩하던 그 애는 공부도 제법 잘했다. 서로 다른 지역으로 유학을 하자 소식을 전할 기회가 없었다. 그렇게 무심히 잊혀 갈 때쯤 동창 모임에서 그를 만났다. 낯선 길목에서 만났다면 전혀 알아보지 못할 만큼 변해 있었다. 그가 주섬 주섬 이야기를 늘어놓았다. 남부럽지 않게 지내던 과수원집 딸은 조금은 거만하게 보였다고 한다. 가까이서 말을 걸고 싶었지만 그러질 못했는데 이렇게 마주 앉아 이야기할 수 있으니 참 좋다고 한다. 공연히 미안한 마음이 들어 가족들의 안부를 서로 물으며 이런저런 이야기를 하다 헤어졌다. 그 후로 소식을 들을 수 없었는데, 오늘 그가 세상을 떠났다는 슬픈 이야기를 들었다. 인생이 얼마나 속절없는 것인지 마음이 뒤숭숭했다.

우리들의 가을을 생각해 본다. 서서히 가을 문턱을 넘어서며 이별을 준비해야 하는 즈음에 이르러 가는 우리는 지금은 백세 시대에 살고 있다. 생이 다하는 날 내 삶이 '정이 많은 사람.'이라고 기억해주었으면 좋겠다는 생각을 해본다.

빛나던 사랑은 어느새 외로움이 되고 몇몇은 벌써 내 곁을 떠났다. 누군가의 마음 밭에는 아직도 사랑의 열매가 익어 가고 있는데 가을의 문턱을 넘으며 내 가슴속에는 많은 만남과 이별이 술래를 돌고 있다.

정월 대보름

　시간을 빼앗기듯 규제와 통제로 살아온 지 벌써 일 년이 넘었다. 갑자기 찾아온 코로나19는 사람을 울안에 가두고 말았다. 입을 마스크로 막고, 가족도 마음대로 못 만나고 학교나 교회도 참석을 못 하는 고약한 세상이 되다 보니 삶이 삭막하고 사람들의 마음이 피폐疲弊해져 가고 있다.

　명절이 되어도 고향에 갈 수 없고 조상을 섬기는 제사마저도 영상으로 하라 하니 이런 기이한 세상이 어디에 있겠는가. 아름다운 전통이 무너지고 사람과 사람의 관계가 살벌하기만 하다.

　옆 사람이 기침하면 모두 도망을 간다. 세시 풍습, 문화생활, 여행 등은 모두 사라졌다. 모든 것에서 관계가 소원해지다 보면 가족의 의미나 사람의 관계가 이상하게 변절 되지나 않을까 염려가 되는 것은 내 기우일까? 집 안에만 있다 보니 시간에 대한 개념마저 사라지는 것 같다.

　무료함을 달래려고 바보상자만 들여다보니 점점 나태해져서 무엇인가 해야 할 일들이 많이 있을 것 같은데 일이 손에 잡히

지 않고, 무엇을 해야 할지 생각이 나질 않는다.

옆에 사는 친구가 보름나물 많이 했느냐고 전화로 묻는데 명하니 지내다 보니 나는 대보름이 되었는지도 모르고 있었다.

정신을 차리고 부지런히 서둘러 오곡 찰밥과 보름나물을 만들기로 했다.

코로나 때문에 자식도 오지 않을 것이고 남편과 둘이서 얼마나 먹을까 싶지만 그래도 작년 봄철에 미리 장만해 두었던 말린 나물 종류를 하나씩 꺼내어 냄비와 압력솥을 총동원해 삶기 시작했다. 팥을 삶고, 냄비에서 묵나물들이 익어 가자 양념 준비로 분주했다. 짧은 시간에 여러 가지 나물들이 들기름과 양념을 입고 맛깔나게 볶아지고 있다. 그릇을 준비해 나물들을 채워 가니 벌써 일곱 가지가 식탁에 가득했다. 팥과 보리 조 수수 콩 찹쌀에 밤까지 넣고 밥을 지었다. 먹을 사람이 없어도 옛 생각을 하며 대보름 음식을 만들다 보니 코로나 스트레스가 확 달아났다.

전화해준 친구를 불러 가지가지 나물을 골고루 담아주었다. 가지는 동생이 보내주어 직접 말린 것이고, 고사리는 제주에 사는 친구가 보내준 것이고, 무청은 동치미 담글 때 내가 말려 놓은 것이라고 주절 주절이 필요 없는 설명을 했다. 취나물은 태백에 사는 친구가 보내준 것을 삶아 말렸고 토란대는 지인이 준 것이고 무와 콩나물은 늘 비상으로 준비되어 있으니 시장을 가지 않았어도 금방 만들었다고 일일이 나물 사연을 설명하니 맛있겠다고 하며 신나게 보따리를 챙겼다.

정월 대보름은 음력으로 새해 첫 달이라고 해서 바르게 시작한다는 의미를 담고 있기에 조상들은 특별한 명절로 여긴 것 같다.

세시 풍습으로는 그해 여름에 더위를 먹지 않는다고 남의 이름을 불러 더위팔기, 평안을 바라는 집의 마당이나 부엌에서 춤추고 노래하는 지신밟기, 달이 떠오르면 달집태우기, 겨울 동안 말라 있던 논두렁 밭두렁의 병충해나 잡초를 없애는 쥐불놀이, 액을 써서 멀리 날리는 연날리기 놀이가 있다. 부스럼이 나지 않도록 껍질이 있는 날밤, 호두, 은행, 잣 등 부럼 먹기, 다섯 가지 곡식을 넣어 지은 오곡밥, 귀가 밝아지고 기쁜 소식만 듣기 위해 먹는 귀밝이술, 더위를 먹지 않게 9가지 이상 대보름 나물을 만들어 먹었다. 명절 음식에도 여러 가지 의미를 살린 조상들의 지혜가 놀랍다.

세 집 이상의 밥을 먹어야 그해 운수가 좋다는 핑계로 밤잠을 설치며 윷놀이를 하고 진 편은 이집 저집 돌아다니며 서로 색다른 밥과 나물을 얻어와야 했다.

음력 1월 15일인 대보름은 보름달처럼 밝고 넉넉한 새해가 되기를 소원하며 농사가 잘되고 풍년이 되기를 간절히 기원하는 명절로 사람이 한데 어울려 잔치를 하는 특별한 명절인데….

지금은 이 즐거움조차도 코로나가 다 앗아가 버렸다.

이렇게 아름다운 풍습을 가지고 있는 우리 민족은 참으로 지혜롭다.

남편과 둘이 보름 밥을 먹으며 어린 날의 추억을 함께 나누다 보니 창밖에 선명하고 밝은 둥근 달이 함박 웃고 있었다.

매미 잡는 손자

겨울부터 내 귀에 거주하고 있는 매미는 아직도 잠을 자지 않고 울어댄다.

칠 일을 살기 위해 칠 년을 땅속에서 기다린다는 매미가 이명으로 내게 와서 그 한을 푸는 모양이다. 어느 겨울 하얀 눈꽃이 필 무렵에 슬그머니 찾아온 매미는 봄이 지나고, 여름 햇살이 숨을 죽이고, 낙엽이 떨어져도 내 귓속에 살림을 차린 매미는 지칠 줄 모르고 울어댄다. 나는 종일 계속해서 울어대는 이명의 매미 소리에 조금씩 지쳐가다가 초조와 불안, 절망이 소용돌이치는 두려움으로 결국 병원을 찾아갔다.

이것저것 검사를 하고 난 선생의 한마디가 가슴을 쓸어내리게 한다.

"도와드릴 수가 없을 것 같네요. 나이가 드셔서 신경에 이상이 생겼는데 회복이 좀 어려운 병입니다."

대학병원 최고의 명의라고 찾아간 곳에서 치료가 어렵다는 절망적인 진단과 함께 수면제만 처방해 주었다. 혈액 순환이 잘

안 되거나 수해髓海가 허하거나 화火나 습담濕痰이 몰려서 생기는 병이라 하지만 일반적으로 정확한 원인을 알 수가 없다 한다. 이유 없는 질병으로 절망은 이렇게 순간에 다가오고 말았다. 치료가 불가능하다니….

때론 지친 잠속에서 잠시 울음을 쉬고, 다시 몽롱한 정신에서 깨어나는 순간 또 매미가 귓속에서 울어 댄다. 매미의 소음은 여전히 괴롭고 그 고통을 끌어안고 지쳐가고 있었다.

이명으로 달려든 매미는 내게서 얼마나 더 울어야 떠날까?

어지러운 이명에서 나를 구해주는 명의는 아주 작은 꼬마다.

너무 맑고 초롱한 눈빛, 살짝 미소를 보내는 웃음, 바라만 보아도 은은한 행복을 안겨 주는 내 손자.

이야기를 나누고 싶어 두 손 꼭 잡고 함박웃음을 짓는 한없이 사랑스러운 아기가 어느 순간 선물처럼 내게로 왔다.

햇살이 창가에 풋풋한 열기를 뿜으며 하루를 시작하는 아침, 첫 손님으로 찾아오는 손자의 목소리가 천사의 음성으로 들린다.

하늘에서 왔을까~ 구름에서 왔을까~

"할~ 머~ 니, 아가 왔어요."

"오!! 내 새끼 왔구나."

품에 안는 순간 귓속 매미가 꼭꼭 숨어버린다.

어느 날 꿈같이 선물로 우리 집에 온 아이의 예쁜 눈동자는 할미의 병을 치료하는 약이 되고 있다.

내게서 매미의 울음을 달래주는 유일한 수호신인 우리 손자.

맞벌이하는 며느리는 일찍 출근길에 아이를 데리고 우리 집에
온다.

너무나 익숙하게 엄마 품에서 할미의 품으로 건너오는 아이를
받아 안으면 기분이 참 좋다. 활짝 웃으며 달려드는 아이가 거
친 내 영혼을 맑게 씻어 준다. 부지런히 아침을 먹이고 몸단장
을 시켜 할아버지는 운전을 하고 할머니는 안띠가 되어 어린이
집에 데려다준다. 때로는 눈물을 글썽이며 안 떨어지려고 하는
아이에게 뽀뽀 세례를 퍼 붙고 돌아설 때면 종일토록 가슴이 아
프다.

신기한 아이다.

배속에서부터 엄마와의 이별을 연습하고 온 것처럼 직장을 가
는 엄마와의 헤어짐을 잘 견딘다. 손자 바보인 할아버지는 아낌
없이 주는 나무가 되고 할머니는 어리둥절 뒷바라지에 허덕이
며 하루를 보낸다. 가끔은 질투가 날 정도로 할아버지와 단짝이
되어 내게 섭섭함을 주기도 한다.

누가 이 아이에게 이렇게 천사의 몫을 주었을까?!

손자 사랑이 이렇게 샘솟는 것은 내리사랑의 순리일 것이다.

내지르는 매미의 이명 울음도 이 아이 앞에서는 숨을 죽인다.

저녁을 먹이고 엄마가 와서 제집으로 데리고 갈 때는 헤어짐으로 늘 애잔하다.

아이가 떠난 집안은 적막이 흐른다.

콩닥콩닥 팔짝팔짝 고물거리는 아이의 모습이 사라지면 매미는 또다시 본 모습을 드러낸다. 아이가 떠난 자리에 어둠이 깔리면 머릿속에서 쉬지 않고 울어대는 매미가 더욱 기승을 부린다.

세상은 갖고 싶다고 다 가질 수 있는 것도, 버리고 싶다고 다 버려지는 것도 아니니 운명에 순응하며 사는 것이 현명하리라.

"연세도 있으신데 그냥 사세요."

매미보다 더 아픈 의사의 냉정한 음성이 섬뜩하다.

"그래 당신도 나이가 들면 매미와 함께 살아보렴."

엉뚱한 곳에 뒤 끝을 보이며 원망을 한다.

"그래 내일이면 우리 손자가 내 귀속에서 울어대는 매미를 잡아 줄 터이니 참고 기다려 보자!!"

모든 축복이 너에게

오늘부터 너는 부모의 품을 떠나 새로운 가정을 세우는 뜻깊은 날이다.

이렇게 아름다운 날 온 세상의 은혜로움이 모두 너희에게 주어지기를 바라며 엄마는 모든 사랑과 축복을 너희에게 보낸다. 그렇게 기다리고 기다리던 결혼 날이구나. 한 가정을 이룬다는 것은 많은 희생과 책임이 필요하단다. 예쁘고 건강한 네 가정이 되기를 바라는 마음에서 몇 가지 부탁을 하고자 한다.

이제 결혼하는 네가 실천하며 살아야 할 일들이 많이 있단다.

우선 부부간에 가장 중요한 것은 사랑을 바탕으로 한 신뢰이니 서로를 믿고 사랑해야만 서로에게 믿음이 생긴다는 것을 명심하여라.

누구나 완벽하기는 어려우니 서로를 이해하고 존중해주고 아껴주며 다투지 말기를 바란다. 혹시 다툴 일이 있더라도 서로 막말은 하지 말고 오래 끌지 말기 바란다. 섭섭한 일이 있으면 누구라도 먼저 화해하도록 노력하거라.

때론 엎어지고, 넘어질지라도 여유를 가지고 자신을 돌아보며 삶의 풍요로움을 찾을 수 있도록 힘을 내기 바란다.

살다 보면 균형 잡힌 살림을 하기가 쉽지 않을 것이지만 너무 인색하지도, 너무 헤프지도 않은 삶을 살아라.

주변의 모든 사람에게 감사하고 너희들의 도움이 필요한 이들의 마음을 헤아리거라. 서로 힘들어할 때 바라만 보지 말고 가까이 다가가 그의 빈 곳을 채워주도록 하여라.

분가하여 따로 살게 되더라도 항상 부모를 생각하고 도리를 다하며 자주 연락을 하여 너희를 키운 보람으로 많은 즐거움을 부모에게 주었으면 좋겠구나.

그리고 특히 아들아!

이제 가장이 될 터이니 원대한 꿈을 가지고 노력해야 한다.

꿈과 희망을 가지고 자신의 무한한 잠재력을 확인하되 무모하거나 만용일랑은 부리지 말 것이며 옳은 것을 행하는 담대함을 가져라.

우리가 너를 낳아 한없이 행복했던 것처럼, 훗날 너희도 자식을 낳아 무한한 행복을 누리며 예쁜 그림을 그려나가기를 바란다.

서로가 온 마음을 다하여 사랑하여라. 사람은 사랑을 먹고 살 때 가장 건강하고 아름다운 삶이 완성된단다. 부디 너희는 서로 사랑하며 후회 없이 보람 있는 삶을 살기 바란다.

너희에게 하고 싶은 말은 많지만 두서없이 몇 가지 당부를 해본다.

　상명아! 너무나 진심으로 사랑하는 아들아^ ^

　네게 무한한 축복을 보내며 모든 행운이 너희에게 있기를 바라는 마음이 간절하다. 부디 행복하고 건강하여 아름답고 사랑스러운 가정이 네게 주어지기를 간절히 소망한다.

　온 누리의 축복이 너희에게 있기를 바라는 마음은 엄마의 기도이다.

2010년 3월 20일

사랑하는 아들 상명에게 엄마가

치첸 이트사 chichen itza

커튼을 열자 아침 햇살 사이로 푸른 물결이 출렁인다. 칸쿤의 바다는 은파의 맑은 빛으로 아침의 희망을 노래한다. 부지런한 사람들은 벌써 하얀 모래밭을 걸으며 산책을 하고 있다. 나는 아들네와 치첸이트사로 여행을 하기 위해 설레는 마음으로 부지런히 준비하고 있었다.

여행은 늘 가슴을 설레게 한다. 그것이 사랑하는 사람과의 떠남이라면 더 하다. 행복은 몸과 마음에 기쁨이 저절로 스며드는 것인데 여행이 바로 그것인 것 같다. 열네 시간 동안 공중을 날아 보고 싶다는 마음 하나로 달려온 아들네와의 여행은 몸은 피곤하고 무거웠지만, 마음은 하늘을 나는 듯 가벼웠다.

이른 시간에 칸쿤을 출발해서 세 시간 정도 한적한 고속도로를 달려 1988년 세계문화유산으로 등록된 세계 7대 불가사의 중 하나인 멕시코 고대 마야문명, 톨텍문명의 유적지 치첸이트사에 도착했다. 유적지에 들어서자 숲 사이로 난 길가에 낯선 각종 기념품을 파는 가계들이 늘어서 있었다. 마야의 달력이라는 둥근 판과 가면, 여러 모습의 색다른 목각 인형, 알록달록한 직조물들이 손님을 이끈다. 입에 대고 불면 이상한 소리를 내는 악기는 정글에서 짐승을 쫓는 역할을 했다고 한다.

제일 먼저 눈에 띈 것은 9세기 초에 재건되었다는 치첸이트사에서 가장 중요한 신전 쿠쿨칸 피라미드(pyramid of kukulkan)였다. 피라미드는 고대 마야인들이 사용하던 마야 달력을 상징한다고 한다. 이 건물에는 사방이 계단 모형으로 되어 있고 맨 위에 신전이 있는 형태다. 이 피라미드 안에는 2200년 전에 세워진 옛 피라미드가 있다. 그곳은 제사를 지내던 곳으로 추정되는데 그 위에 덧세워진 피라미드는 4면에 모두 계단이 있다. 한 면의 계단을 91계단으로 지어져, 네면 모두 합하면 364계단이고 맨 위에 제단을 합하면 365개로 일 년을 나타낸 것이다.

그 당시에도 마야인들은 태양의 주기를 정확히 계산하고 있었다. 이 피라미드에 일 년에 두 번 춘추분에 태양의 위치가 변하여 봄에는 용이 내려오고, 가을에는 용이 올라가는 그림자가 용트림하듯 연출한다고 한다. 건물의 하단에는 뱀의 상을 한 조각이 있는데 이것은 물을 상징하고 4면의 판벽은 모두 54개인데 이는 마야 톨레크 역법에서 세상의 1주기를 나타낸 것이라 한다. 1주기가 지나면 그들은 새로운 신전을 지었다. 피라미드에서 일정 거리가 떨어진 곳에서 손뼉을 쳐, 새 소리가 들리면 신이 화답한 것이고, 들리지 않으면 신의 화답이 없는 것이라

하여 화답 유무를 알게 하였다 하니, 이것은 공명 장치로 메아리가 들리는 효과를 이용한 통치 수단의 하나였을 것이다.

여기저기에서 관광객들의 손뼉을 치는 소리가 들리고, 장난끼 있는 아들도 손뼉을 친 후 기다리니 그 울림이 메아리 되어 신기하게도 새 소리처럼 우리에게 다시 들려왔다. 피라미드를 구경 가자고 조르던 어린 손자는 뜨거운 태양을 견디기 어려운지 피로감에 젖어 인상을 쓰다가도 제 엄마가 찍어대는 카메라 앞에서는 폼을 잡는다.

이 건물 옆에는 펠로타(pelota) 경기장인 널찍한 직사각형의 공터가 있고 양쪽에 150m 길이의 수직으로 높은 벽돌을 쌓아 놓은 건물이 있다. 벽 중간쯤에는 둥근 구멍이 뚫린 둥근 판형 돌이 박혀있는데 벽면 하단의 돌에는 당시 경기의 전후 과정을 새겨놓은 부조가 있다.

마야인의 목숨을 건 전례 의식의 축구 경기는 참으로 이상하다. 경기는 6명씩 팀을 이루고 고무나무 수액으로 만든 공을 손과 발을 이용하지 않고 다른 부위를 이용하여 벽에 있는 돌구멍에 먼저 공을 넣으면 이기는 것이다. 밤낮을 가리지 않고 승부가 날 때까지 경기는 계속되는데 태양신에게 가장 힘이 센 건강한 인간의 심장과 신성한 피를 바치기 위한 인신 제물을 구하기 위한 경기였다. 진 사람을 제물로 바치는 것이 아니라 이긴 팀의 주장이 신에게 제물로 바쳐졌다. 진 사람은 신이 될 수 없으니 필사적으로 이기려고 노력하게 하여, 이기면 신에게 바쳐져 신이 될 수 있다고 믿게 했으니, 이것은 원하지 않는 봉지자를 합법적으로 제거하기 위한 방법이었다고 한다.

경기장을 돌아 그 뒷면에는 세월에 씻겨서 다소 헐어진 5단으로 된 벽 하나하나에 사람의 얼굴이 조각되어있고 그 담 안에는 무덤이 있다. 경기장을 나오자 선수들의 지친 숨소리와 관중의 미친 것 같은 함성이 바로 지금 귓가에 들리는 듯 가슴이 써늘해졌다.

열대기후의 따가운 햇볕은 12월의 태양을 눈부시게 하고, 피곤함에 지친 우리는 나무 그늘에서 한숨 돌리고 돌아섰다. 밖으로 나오니 싱크홀로 인하여 생긴 듯한 웅덩이가 있다. 물 위에 푸른 이끼로 덮인 직경 60m가량의 웅덩이는 물을 지하에서 다른 곳으로 유동하여 물이 썩지 않는다고 한다. 이곳에서는 3만여 구의 유골이 출토되었다 하니 얼마나 많은 사람이 신의 제물로 바쳐졌는지 상상하기가 어렵다.

아무리 이해하려 해도 풀리지 않는 마야문명의 기적을 이해하려 하기보다 그냥 받아들여야 할 것 같다. 마야문명을 찬란히 꽃피웠던 그들은 길도 없는 열대 우림 속에 어떻게 이렇게 거대한 석조 건물을 무수히 지을 수 있었을까? 또 어떻게 태양주기를 정확히 계산하여 사용할 줄 알았을까?

그들은 지금 어디로 사라진 것일까? 하는 의문이 수없이 머리를 어지럽게 했다. 푸른 잔디 위에 고즈넉이 서 있는 마야문명의 흔적은 긴 세월 속에 가두어진 인간의 힘이 얼마나 위대하며 또한 허무한 것인지….

치첸이트사를 뒤로하고 어둑어둑한 거리를 달려 돌아오는데 하루가 서서히 저물고 있었다.

사랑의 콘서트

어딘가로 떠나야만 될 것 같은 마음이 나를 흔들고 있을 때 며느리가 가져다준 공연 티켓은 듣기만 해도 은총이 되는 신부님들의 팝페라 콘서트였다. 공연은 겨울 동안 얼어 있던 몸과 마음을 녹여주는 시간이었다.

'더 프리스트'(불어명: 레 프레트르)는 프랑스 동남부 엠브룬 가프 교구의 몬시뉼 쟝 미셀 레앙드히 디 팔고에 의해 설립된 성직자 팝페라 그룹이다. 2010년 설립되어 그해 프랑스 내에서만 80만 장 이상 앨범 판매를 기록했는데 이 그룹은 신부 2명과 신학생 1명으로 구성되어 있다. 이들은 가프 대성당 교구 신부 쟝 미셀 바흐데, 파리나무십자가 소년합창단 출신이자 라우스노트르담 성당 신부 샤흘르 트로슈, 가프교구의 신자 조셉 딘 뉴엔으로 구성되어 있다.

몬시뇰 쟝 미셀 디팔고가 '더 프리스트'를 설립한 목적은 아프리카 마다가스카르 지역에 학교와 병원설립 기금 및 그들의 교구 성당 설립을 목적으로 음반을 판매한다. 그것이 예상 밖의 큰 인기를 얻게 되어 성당이나 교회에서 공연하다 더욱 많은 대중을 만나고자 큰 무대에 서게 되어 한국까지 오게 되었다.

전 세계를 감동시킨 프랑스 신부들이 펼치는 사랑의 콘서트는 공연을 통해 복음과 사랑을 전하고 있었다.

이번 공연에서 라벨의 볼레로, 헨델의 사라반드, 슈베르트의 아베 마리아 등 클래식 명곡과 뮤지컬 십계, 마이클 잭슨의 힐 더 월드 등 팝송, 그레고리오 성가, 팝페라 등 다양한 레퍼토리를 선보였다. 성스럽고 아름다운 레퍼토리로 청명하게 영혼을 울리는 화음으로 사랑과 은총이 넘치는 글로리아 콘서트를 펼쳤다.

마치 하늘의 복음이 울려 퍼지는 듯 연주자들의 화음은 객석을 초연하게 했다. 청명한 목소리로 세계를 매료시킨 두 신부와 한 신자의 달콤한 선율은 매혹적이라 다른 아티스트들이 감히 모방할 수 없는 그들만의 재능과 예술혼이 드러난 연주다.

2010년 첫 앨범 〈SPIRITUS DEI〉의 대성공은 프랑스를 포함한 세계 주요 도시 순회공연에서 전 공연 전 좌석 매진이라는 놀라운 흥행 성공 기록을 세웠으며, 새로운 차원의 팝페라라는 평과 함께 (글로리아 콘서트)는 관객에게 감동을 선사했다. 더 놀라운 것은 모든 음반 판매와 공연을 통한 수익금 전액을 기부하며 하느님께 영광을 돌리는 일이다.

사람이 자기가 가지고 있는 재능으로 많은 사람에게 힐링을 선물할 수 있다는 것은 아무나 할 수 있는 일이 아니다.

공연장 로비에는 신자로 보이는 사람들 사이에 신부님과 수녀님들이 유독 많이 눈에 띄었다.

아직도 귓가에 맴도는 천상의 소리는 설익은 신앙을 결단하게 하였고 지친 삶에 안정과 평안이 되어 내 안에 오래도록 남아 있을 것이다.

귀향

난의 향이 순결함으로 가슴을 파고든다.

벌써 30여 년을 함께 살아오며 내 마음을 헤아려 주고 위로해 주는 꽃이다.

건실한 뿌리를 내리고 자손을 번식하기 위해 탄생과 소멸을 반복하며 살아가는 난의 모습이 우리네 삶과 많이 닮아있기에 이렇게 작은 꽃잎 하나하나에 애잔한 정을 느낀다.

난을 닮은 숙이가 귀향으로 인해 행복해하던 모습이 떠오른다.

건강을 이유로 시골로 내려간 그녀가 아담한 집을 짓고 텃밭에 농사를 짓기 시작한 것이 벌써 3년째다.

제법 구릿빛 얼굴이 된 숙이는 건강하고 씩씩한 농부가 다 되어 있었다. 무엇을 하던 온 정열을 쏟아붓는 그녀의 성격이 농사에 관한 공부를 열심히 하게 했을 것이다.

겨울이 지나고 봄이 오던 어느 날 강낭콩 씨앗을 같이 뿌리자고 동생한테서 연락이 왔다. 겨우내 잠들었던 땅은 기지개를 켜고 있었다. 남편과 함께 내려가 잘 정돈된 밭에 구멍을 파고 콩 알을 서너 개씩 넣었다. 한 알은 날 짐승이 먹고, 한 알은 땅에 묻고, 한 알이 거둘 수확을 기내하며 정성껏 심어놓고 돌아왔다. 숙이는 심어놓은 콩이 싹이 났다고 알려주고, 키가 컸다고 알려 주니 자라는 모습을 보지 않아도 눈에 선할 만큼 수시로 소식을 전했다.

지난 일요일엔 콩이 다 여물었으니 수확의 재미를 보라고 연락이 왔다.

단숨에 달려간 우리는 텃밭의 푸름이 너무나 신기했다. 불과 얼마 전 씨앗을 뿌릴 때만 해도 투박하고 메마른 갈색 땅이었던 곳이 진한 녹색으로 변해 있기 때문이다. 물감이 하늘로부터 내려온 건지 땅으로부터 솟아오른 건지 온 땅이 초록색을 품고 신선하고 경이롭게 탈바꿈해 있었다.

땅의 영양분을 모두 빨아올렸는지 밭은 한 폭의 풍경화다.

검붉은 상추가 싱싱하게 잎을 펴고 완두콩이 주렁주렁 매달려 있고, 고춧대엔 고추가 탐스럽게 열려있다. 밭에 여러 종류의 채소 씨를 뿌리고 잡초를 뽑으며 농사의 즐거움을 들려주는 그녀 가 참으로 행복해 보였다.

이곳저곳 다니며 자신이 심어놓은 농작물들을 설명하는데 자 신감이 넘치는 프로 농군이 다 되어 있었다. 조금 그을린 얼굴에 건강함이 넘쳐 보이고 자연이 주는 혜택을 마음껏 누리고 있다는 자랑과 보람을 만족스럽게 이야기한다.

　가지가지 사이에 매달린 방아다리 고추는 원가지의 고추가 실하게 여무는 데 도움이 안 되니 다 따주어야 한다고 한다. 땅을 일구고 씨앗을 뿌리고 거름을 주고, 언제부터 이런 농사법을 터득했는지 놀라웠다.

　밭이랑은 자연이 주는 진실한 보답과 풋풋한 열기로 가득했다. 정성을 들이면 들인 만큼, 노력한 만큼 결실을 보장하고 있는 것이 자연이 인간에게 주는 가장 큰 선물이며 은혜일 것이다.

　농사를 지으며 세상을 혼자서 산다는 것은 너무나 힘든 일이고 불가능한 일이라는 것을 깨닫는다고 한다, 해서 귀향은 이웃과 자연과 더불어 정을 나누고 협동과 협치를 알아가는 지름길이기도 하다.

　사람이 진솔하게 살아가는 모습이 조용한 텃밭과 함께 아름다운 풍경으로 그곳에 있었다. 서로 몸으로 막아주고 마음으로 사랑하며 세상 혼자가 아니어서 외롭지 않음을 가르쳐 주는 이웃들, 햇살과 스치는 바람에서도 상쾌한 냄새가 나는 시골 풍경은 심신의 피로를 풀어주는 특효약이었다.

　나도 한때 귀향의 꿈에 부풀어 상상의 나래를 펴보기도 했지만 모든 여건이 여의치 못해 도시의 한복판에서 복잡한 삶을 살고 있다.

탁한 공기, 시끄러운 자동차들의 소음, 인간들의 시샘과 견제에 몸을 웅크리고 항상 쫓기는 기분으로 살아가는 도시는 회색빛이다.

자연이 주는 넉넉한 은혜를 잊은 채 팍팍한 일상에 길들고 투박한 삶에 익숙해져 살아가는 것이 도시의 삶 같다.

바람결에 은은한 난향이 피어오른다. 베란다의 몇 그루 꽃들이 내겐 텃밭이며 고향이다.

한 사람이라도 더 사랑하고, 한 사람에게라도 고마움을 느끼고, 여유를 배우는 귀농을 다시 또 꿈꾼다.

험하고 힘겨운 인생길에 누군가와 손잡고 살 수 있는 것은 오로지 자연과 함께 할 때가 아닌가 싶다.

바람이 마실 오는 창가에 앉아 그녀의 텃밭에서 따온 강낭콩 껍질을 벗기며 숙이의 보따리 사랑을 느끼고 있다.

사랑하기 때문에 외롭다

잠 못 드는 사람은 밤이 무겁고, 심신이 지친 사람은 삶이 무겁다.

어느 순간 관심에서 멀어졌다는 것을 알면서도 대상을 너무 너무 그리워하는 것, 그것을 우리는 일명 상사병이라고 한다.

전화벨이 울렸다. 이 밤에 웬 전화일까 깜짝 놀랐다.

"친구야 창밖을 봐. 눈이 참 예쁘게 내린다."

"그래? 난 눈이 오는 줄 모르고 있었는데."

남편이 입원한 병실에서 간호를 하고 있는 J에게서 온 전화다.

수화기를 들고 창가로 갔다. 소복이 내린 눈이 온 세상을 하얗게 덮고 있었다.

"그러게. 정말 눈이 많이 왔구나."

어느새 우리는 소녀로 돌아가 수다를 떨기 시작했다. 비바람, 눈보라, 따가운 햇볕을 받으며 오고 가던 백마강의 출렁다리, 푸른 물결, 우거진 왕 솔밭 길, 백제의 마지막 성터에서 우정을 나

누며 걷던 길을 이야기했다. 남녀공학인 학교가 그해 여자중학
교로 분리되면서 부소산 초입에 초라하게 지어진 천막 교실에
서 일 년이 넘게 지냈다. 얼마 후 새 학교를 짓기 시작할 내 여
중을 졸업하고 우리는 부여를 떠나 타지로 유학하러 갔다,

　타향에서 꿈을 안고 외로움에 허덕이며 걷고 또 걷고 참 열심
히도 살았다.
　이제 둘 다 노을 진 해거름에 와있는데 그냥 쓸쓸하고 나이가
들어섰는지 초라하다 못해 서글프기까지 하다는 결론으로 수다
는 끝났다.
　그런 기분은 J도 나도 환자가 된 남편을 돌보기 때문인 것 같
다. 서로 동병상련의 아픔을 가진 친구다. 그녀의 남편은 5, 6년
을 이름도 모르는 병으로 병원과 집을 번갈아 수시로 드나들며
투병 생활을 하고 있는데 더 안타까운 것은 오랜 병으로 남편이
말을 잃어가고 있다는 거다. 말을 잃어버린 사람과 함께 사는
것은 아픔이라는 단어로 표현하기엔 부족할 것 같다. 침착한 J는
그 오랜 시간을 견디면서도 고통스럽다는 표현조차 안 한다.

　나 역시 어느 날 갑자기 찾아온 남편의 뇌출혈 때문에 중환자
실로 들어가는 남편을 지켜보아야 했다. 의식 없이 혼미한 남편
을 지켜보며 나는 절망의 나락에 서 있었다. 이후 남편이 세상

으로 나오기까지는 많은 시간이 필요했다.

점점 아이가 되어가는 사람은 시간도 현실감도 없다. 해서 우리 부부는 서로 동문서답을 하며 철없는 아이처럼 살고 있다.

내 나름 그간 최선을 다해 살아왔다면 공치사라 할지 모르겠으나, 열심히 살았음에도 이렇게 가슴이 아픈 말년을 보내야 한다는 사실이 씁쓸하고 괴롭다. 아무도 대신해줄 수 없는 인생이기에 무거운 등짐을 지고 있다는 투정은 오로지 그녀와 나 둘이서만 이해하고 주고받는 찐 대화다.

숨 쉴 여유가 생기면 우리는 다시 새로운 인생을 살아보자고, 세계를 여행하며 훨훨 날개를 펴고 자유롭게 날아 보자고 약속을 했다.

어느 날, 가족에게 날벼락처럼 찾아온 병마는 식구들에게 너무나 큰 고통과 좌절을 준다. 그래도 우리는 이 위기를 극복하고 속히 일상으로 회복해서 국내 여행이라도 다니며 아름다운 자연도 보고 맛있는 것도 먹으며 남은 삶을 행복하게 살자고 약속을 했다.

하늘은 잘 살았다고 상을 주는 것도 아니고, 잘못 살았다고 벌을 주는 것도 아닌가 보다.

두 여자는 사랑하기 때문에 외로운 것은 당연한 일이고 사랑 때문에 남편을 지키는 것 또한 우리의 몫이라고 긍정했다.

물도 바위나 절벽을 만나 아파야만 아름다운 파도가 되는 것.

살다 보면 때로 폭우도 가랑비도 보슬비도 만나는 것!

부부라는 이름으로 만나 사랑하며 살아왔기에 슬프고 아프고 외로운 순간이 찾아오더라도 우리는 힘을 내서 살아야 한다.

이 밤, 나무에 매달린 눈송이가 다 녹을 때까지 수다를 떨어도 사랑하기 때문에 겪는 외로움은 우리 곁을 떠나지 않을 모양이다.

5부
산이 산을 품고

건강한 몸으로 하고 싶은 일을 할 수 있으면 좋겠고,
대화가 통하는 벗과 가끔씩 편안하게 차를 나눌 수 있는
조용한 장소가 있으면 더없이 좋을 것이다.

" 하고 싶고 갖고 싶은 마음을 투박한 찻잔에 담고 싶은 것은 아직도 내게서 **"**
솟아나는 욕망에서 자유로워지고 싶은 까닭이다.

금 면류관

"어머니 큰일 났어요. 저 또 아기를 가졌대요."

큰며느리의 조금은 당황한 음성이다.

나는 얼마나 반갑고 고마운지….

"그래! 축하한다. 그게 무슨 큰일이야? 잘 됐구나. 하나는 외로 우니까."

"하느님이 주신 선물이니 친정엄마가 고맙게 받으라고 하셨어요."

직장생활을 활발히 하고 있는 며느리는 자식을 하나만 낳아 키우려 했는데 둘째가 생기니 몹시 당황하고 걱정하는 모습이 역력했다.

이렇게 우리에게 선물로 온 아이는 씩씩하고 귀엽게 막내의 역할을 톡톡히 하고 있다. 눈물도 많고 샘도 많고 사랑도 많은 꼬맹이가 벌써 일곱 살이 되었다. 무엇이든 형을 이기겠다고 떼를 썼지만, 아직도 엄마 바라기와 형을 놀리는 재미로 하루하루를 보내며 형 따라쟁이 하기 위해 세상에 태어난 것같이 형아를 입에 달고 산다. 그림 그리기를 좋아하는지 자리에 앉기만 하면 그림을 그린다. 언제나 준비해 놓은 스케치북을 찾아 꼼꼼하게 만화 캐릭터들을 그려내는 모습을 보면 무척 신기하다. 손자들은 무한한 소망과 비전을 내게 심어주는 꿈나무들이다.

이 아이는 화가가 될까? 태권도 사범이 될까?

고집쟁이지만 수줍음이 많은 아이는 태권도를 배운지가 3년 넘었는데 한 번도 내 앞에서 시범을 보여준 일이 없다.

"할머니 아이스크림 없어?"

여기저기 간식거리를 찾아다니는 아이는 내 집에 오면 늘 배가 고프다고 한다. 조금만 먹어도 배가 부르다고 먹지 않으면서도 먹을 것을 자주 찾는 아이는 아마도 배고래가 아주 작은 모양이다. 무엇이든 주고 싶고 먹이고 싶은 나는 어서 튼실하게 빨리 자라기를 바라는 마음에 먹이느라 안달이 나곤 한다.

어리광으로 눈물도 많이 흘리고, 떼도 잘 쓰지만, 오히려 손자들의 그 귀여움이 나를 행복하게 해준다.

어린아이는 이 세상에서 그 무엇과도 비교할 수 없는 가장 빛나는 선물 같다. 맑고 고운 어린아이의 생명체는 한없이 고귀하기에 그들에게서 아름다움을 발견하고 어른들은 무한한 행복을 느낀다.

오죽하면 자식이 없는 사람은 사랑의 참맛을 모른다고 하겠는가.

아직도 이렇게 어린 손자들을 데리고 설악산을 갔다는 소식에 걱정이 태산이었다. 주말에는 애들과 근교에 있는 산을 자주 가는 아들 내외지만, 너무 심한 산행을 어린것들에게 시키는 것이 아닌가 싶다. 그래도 설마 무리한 등반을 시키지는 않겠지 했는데 결국 열 살, 일곱 살 된 아이들을 데리고 울산바위까지 갔다는 말에 어안이 벙벙했다.
내가 겁쟁이 할미인가?
예전에 내가 울산바위에 오르며 힘들었던 기억이 생생하게 떠올라서다.

잘 다녀왔다고 인사를 온 손자에게 재미있었느냐고 물었다.
"할머니 말도 하고 싶지 않아. 그곳은 내 인생의 흑 역사야 흑 역사."
"아니 어렵게 다녀와서 왜 그래. 넌 참 대견하고 용감한 일을 해냈어."
"무섭고 추워서 죽는 줄 알았어요. 생각하고 싶지도 않아 할머니."
아이는 아직도 그곳에서의 두려움이 남아 있는지 얼굴을 찌푸

리며 고개를 설레설레 내두른다.

"그래도 넌 참 용감하고 대견하다. 울 손자 훌륭해. 할머니도 울산바위 오를 때 얼마나 무서웠는지 지금도 생각나. 하지만 먼 훗날 너에게 좋은 추억이 될 거야."라고 말해주었다.

그리 오래 살고 싶지는 않지만, 내가 오래 살고 싶은 이유가 있다면 손자 셋이 훌륭히 잘 자라서 이사회에 이바지하는 멋진 모습을 보고 싶기 때문이다.

성경에 자식은 부모의 머리에 쓴 면류관이요, 장수의 화살집에 꽂힌 화실과 같다 하셨는데 내게 손자는 장수의 금 화살이며 내 머리 위에 금 면류관이다.

손자 셋, 그러니까 금 면류관 셋을 머리 위에 쓴 나는 얼마나 복이 많은 사람인가.

찻잔에 담긴 소망

　때로는 갖고 싶은 것도, 하고 싶은 것도 많다. 그러나 나이가 들어가면서 물질에 대한 욕심은 조금씩 줄이고 소유욕을 조절하며 청빈하게 살려고 노력하는 중이다.

　건강한 몸으로 하고 싶은 일을 할 수 있으면 좋겠고, 대화가 통하는 벗과 가끔씩 편안하게 차를 나눌 수 있는 조용한 장소가 있으면 더없이 좋을 것이다.

　병풍처럼 드리운 대나무가 바람결에 잎을 비비며 사그락거리는 소리가 들리는 아담한 집을 갖고 싶다. 겨울의 모진 풍파에도 꼭꼭 품었던 생명을 봄이면 단숨에 토해내는 곳, 종달새 소리에 씨앗이 새싹을 키우면 뜨락은 한 폭의 수채화가 될 것이다. 밤하늘에 반딧불이가 별 따라 춤을 추고 장독에 구수한 장 익는 냄새가 있는 곳을 상상해 본다.

　난이나 백합이 향기를 풍길 때면 멀리 떨어져 있는 벗들을 불러 잘 우러난 차를 마시며 삶을 이야기하면 아주 좋을 것 같다. 투박한 토기 잔에 차와 우정을 섞은 뒤 오래 묵은 이야기를 나누어 마시면 인생이 향기로울 것이다.

차를 마실 때면 슬그머니 생각나는 사람이 있다. 언제나 부르면 살림 걱정 뒤로하고 달려와 내 말을 들어주는 친구. 겨울밤 함께 걸을 때 내 손을 묵묵히 잡아주며 손이 따뜻하다고 웃어주는 친구. 그 사람의 빈자리가 마음을 허전하게 하는 이름만 들어도 설레는 친구. 웃음과 위트가 있고 성실히 살아가는 친구. 먼 훗날 이별의 순간에 '네가 있어 내 삶이 행복했노라.' 말할 수 있는 친구와 마시는 차 한 잔의 시간이 내가 갖고 싶은 작은 행복이다.

하고 싶고 갖고 싶은 마음을 투박한 찻잔에 담고 싶은 것은 아직도 내게서 솟아나는 욕망에서 자유로워지고 싶은 까닭이다.

백악관 앞에서

"할머니 왜 남의 집 앞에 서서 사진을 찍었어요?"

백악관 앞에서 찍은 사진을 보며 어린 손자가 묻더라고 어느 문인이 들려주었다. 긴 해외여행으로 피로가 풀리지 않았는데 손자로 하여 피톤치드를 마신 것처럼 상쾌한 기분이 되었다고 한다.

세계의 정치, 경제와 문화를 움직이는 각료들과 기자들, 미국의 대통령이 산다고 하기엔 평범한 백악관의 모습이 아이의 눈엔 그저 이웃에 있는 부잣집처럼 보였나 보다.

2010년 10월 10일부터 6박 7일간 한국수필 해외심포지엄에 참석했다. 엠파이어스테이트 빌딩에서 바라본 뉴욕의 시가지는 허드슨강을 중심으로 섬 전체에 솟아오른 마천루 빌딩들이 시샘하듯 촘촘히 서 있었다. 이것이 세계 경제와 문화의 중심지 모습이다. 브로드웨이의 밤거리는 활기차고 현란한 모습으로 유행과 문명의 첨단을 걷는, 과연 세계의 중심이 될 만하다는 것을 실감했다.

마크 트웨인의 생가, 포에츠덴 극장의 낭송회, 컬럼비아 대학, 프로 테메우스 황금 조각상이 빛나는 분수대, Central Park, ABC방송, 세계금융의 중심부 Wall St. 1776년 7월 4일 토머스 제퍼슨이 독립선언문을 낭독한 Independence Hall, 독립 당시 울렸던 자유의 종, 기회의 도시, 문화의 거리, 도약을 꿈꾸는 뉴욕을 뒤로하고 워싱턴에 도착했다. 백악관에 도착했을 때는 가랑비가 조용히 내리고 있었다. 법을 지켜야 사람이라는 나라, 법을 지키지 않으면 짐승 취급을 받는다는 나라, 미국의 대통령 관저 백악관은 가을비 속에 각 부처로 에둘러 한적하게 있었다.

워싱턴 D.C의 펜실베이아에 있는 대통령의 관저를 설계한 사람은 아일랜드 출신 미국 건축가 제임스 호반이 500달러 상금을 받고 설계권을 얻었다. 백악관은 100개 이상의 방들을 갖춘 3층의 구조물로 되어 있다. 존 애덤스 대통령과 그의 부인이 1800년 새로 건설된 건물의 최초 입주자가 되었다. 존 애덤스 대통령 이후 모든 미국 대통령의 관저로 사용되었다. 1809년 내셔널 캐피탈 공원의 일부에 엷은 회색 사암砂岩 건물이 주위의 빨간 벽돌 건물과 너무나 대조적이기 때문에 백악관이라 불렀다. 지금은 130개 이상의 방이 있으며 중심건물에 대통령 가족의 숙소와 18~19세기 양식으로 장식된 여러 접견실이 있다. 요즘은 매년 150만 명의 관광객이 다녀간다고 한다.

가랑비가 내리는 백악관 앞에 허름한 비옷을 걸친 낯익은 모습들이 태극기를 앞에 놓고 침묵의 시위를 하고 있었다. 순간 나는 내 조국의 형제들이 무슨 언유로 이 먼 미국의 백악관 앞에서 비를 맞으며 시위를 하고 있는지 궁금했다. 이국에서 만나는 낯익은 모습과 태극기는 보는 것만으로도 가슴이 뭉클했다.

그들은 대한민국 고엽제전우회 회원으로 10월 5일부터 17일까지 백악관 앞 라파예트 공원에서 고엽제 후유증의 심각성을 알리고, 피해 보상을 촉구하는 침묵시위를 하는 중이라 했다. 월남전에서 미국이 살포한 고엽제 후유증에 대한 보상을 미연방법원의 강제 조정에 따라 1988년 미국과 호주, 뉴질랜드 참전군에게는 보상해주었다. 이때 한국 참전 군인들은 제외되었기 때문에 대책 마련을 요구하고 있는 것이다. 한국 참전 군인들은 고엽제 후유증을 앓으면서도 그 원인을 몰라 소송에 참여하지 못했다 한다.

1999년 고엽제 재조사를 시작해 피해배상금을 청구했지만, 금액이 적어 대법원에 상고해 놓은 상태다. 우리나라는 고엽제 환자들의 피해에 너무나 소극적이었다. 정부는 미국 제조사로부터 합당한 배상을 받을 수 있도록 적극적으로 대처해야 할 것이다. 얼마나 답답하면 백악관까지 와서 아픈 몸으로 시위를 하고 있을까. 그들 모습이 머릿속에서 사라지지 않는다. 그런데도 위정자들은 국민을 위한 정치를 한다면서 서로 밥그릇 싸움에만 열을 올리고 있다. 많은 세금을 내는 국민 한 사람 한 사람 모두 보호를 받을 권리가 있다.

버스로 돌아오는 길에 부지런히 백악관 앞을 향해 가고 있는 젊은 한국 여인 두 사람을 만났다. 그들은 몸이 불편한 전우회 회원들을 위로하고 치료하려고 가고 있는 한국 간호사였다. 전우회 회원들에게 용기와 사랑을 주고 많은 사람에게 이 침묵시위의 내용을 전해달라는 부탁을 잊지 않았다. 고통 속에 있는 이웃에게 따뜻한 위로와 격려의 말은 새로운 힘과 용기를 얻게 한다. 아름다운 말에는 향기가 있다 한다. 작은 일에서부터 위로와 사랑을 나누고 상처를 치유해 주는 한국 간호사들에게 고마움을 느꼈다.

혼을 불사른 여인의 땅

문우들과 함께 최명희 문학관 입구에 들어서니 조용하고 아담한 느낌이다. 이곳에 올 줄 알았더라면 혼불을 한 번쯤 읽었어야 했는데….

먼저 마을 서쪽으로 흘러내리는 노적봉과 벼슬봉의 산자락 기운을 느긋하게 누르기 위해 파 놓은 청호 저수지가 맑은 햇살에 찰랑거린다. 옆에 세워져 있는 솟대와 산이 보여주는 물그림자가 너무나 아름답다. 솟대 위의 새는 물을 나타내는 물새를 장대 위에 세움으로써 마을의 안녕과 풍농豊農을 보장하는 마을 신의 하나로 삼고 있다.

－혼불에서 아름다움과 애련함 근엄함과 밝음과 어둠이 댓바람 소리와 함께 대실을 건너 노봉마을과 사매면을 감싸고 돈다. 꽃심을 지닌 땅 노봉과 땀 냄새 묻어나는 거멍골의 이 골목 저 골목에서 혼불을 느낄 수 있다. 실개천을 따라 혼불과 걷노라면 최명희 님의 속삭임이 들려온다.－ 는 안내판이 보인다.

문학관으로 오르는 계단을 밟으며 선생의 혼을 만나러 가는 내 가슴이 울렁거린다. 비록 작품은 읽지 못했지만, 작품의 내용과 혼불에 관한 이야기는 수없이 들어왔다. 생명과 바꾸면서까지 혼을 불어넣은 작품이 탄생한 곳이라 생각하니 애잔함이 숙연해진다.

　청호 저수지 뒤쪽 풍광이 뛰어난 곳에 넓은 잔디와 멋스러운 한옥 건물이 잘 아우러져 문학관과 꽃심관이 있다. 문학관은 소설의 배경지에 혼불 전시관과 공부방이자 쉼터 역할을 하는 사랑실과, 누마루가 있는 꽃심관 두 채로 이루어졌다. 다양한 사람들이 선생님을 기리는 글과 본인의 소원을 적어 놓은 곳이기도 하다. 전시관에는 17년 동안 집필한 작품과 배경이 모형으로 만들어졌고 그의 일대기가 그대로 전시되어 있다. 살아생전 아끼며 사용했던 만년필, 커피잔, 손때 묻은 혼불 원고 등과 소설을 형상화한 미니어처가 있다. 작가의 이미지 사진, 가족사진, 작품 배경, 마을 모형도 있다. 혼불의 가계도, 사건 연보. 작품의 배경이 전시실로 구성되어 있다. 미니어처에는 혼례식 장면, 강모 강실의 소꿉놀이, 효원의 흡월정, 일월댁 베틀 짜기, 액막이 연날리기가 있다. 망혼제, 청호지 고갈장면, 춘복의 달맞이, 쇠여울네 마루 찍기, 상여 나가는 장면이 그대로 표현되어있다.

　혼불은 청상과부인 청암 부인의 사연 많은 삶과 한국인의 새

시풍습, 무속신앙, 관혼상제, 관제, 신분제도, 의상, 가구, 침전, 음식, 풍수 등 당대의 습속과 풍물 가치를 눈에 잡힐 듯 꼼꼼하게 형상화한 작품이다. 일제 강점기 시대의 양반과 상놈의 계급 사회를 살아가는 한 가문의 종손으로 느끼는 책임관과 압박감, 사랑해서는 안 되는 이를 사랑한 사람의 죄의식으로 파탄에 이르는 삶이 있다. 여자로서 지녀야 했던 풀리지 않는 한, 원한과 회의, 또 많은 사람의 고뇌도 있다. 여자이고 사람이기 전에 종부인 청암 부인의 삶과 그 주변에 사람들의 가장 모진 세상을 살아가는 격동 시대의 이야기다. 목숨보다 질긴 의무감으로 종가를 일으키는 여장부의 삶을 혼불로 풀어낸 혼불은 최명희 선생님에 대한 최고의 존경심이라고 안내자는 설명을 해준다.

시대가 요구하는 물질적이고 가시적 가치보다 암울한 시대의 허망한 꿈, 인간은 누구이며 어떻게 살아야 하나에 대한 새로운 존재의 깊숙한 곳을 울리는 혼불은 하나의 인문학 텍스트라 한다. 다섯 여자를 불행하게 만든 강모는 불행을 만들며 살아간다기보다는 불행의 운명에 끌려 살아가는 나약한 인간이다. 방대한 고증과 치밀하고 섬세한 언어구성, 넘치는 인물묘사로 한민족이 살아가는 과정을 민족혼의 원형으로 빚어낸 작품이 혼불이다.

선생이 17년 동안 오롯이 한 작품에 기울인 공은 각별하다. 암에 걸려 혼절을 몇 차례 거듭하면서 원고지 12,000매 분량의 작품 집필과 수정 보완 작업을 거듭했기에 역사에 길이 남을 최고의 작품을 탄생시킨 숭고한 승리인 것이다.

"왠지 원고를 쓸 때면 손가락으로 바위를 뚫어 글씨를 새기는 것만 같은 생각이 든다."라는 작가는 어리석고 간절한 마음으로 사무치게 손끝으로 모으고 생애를 기울여 한 마디 한 마디 써나갔던가를 생각하게 한다. 혼불이 새암을 이뤄 위로와 해원의 바다가 되기를 바라는 새암 바위는 작가의 혼이 아직도 그대로 남아 영원할 것이다.

최명희 님의 그림자를 따라 걷노라니 혼을 불사른 배경지에 애잔함이 가득하다. 아우름의 터전, 오늘 우리가 존재하게 되는 이유가 소설 속의 무대에 아름다운 보물처럼 담겨 있음을 배우고 돌아서는 발길에 시대적 무거운 아픔이 따라온다.

산이 산을 품고

아픔과 수많은 사연을 간직한 땅 철원은 우리가 흔히 볼 수 있는 평범한 들판이었다. 평화로운 모습이지만 전쟁으로 인한 아픔과 세월의 한을 털어내지 못한 채 침묵으로 상처를 달래고 있었다.

수필가협회의 국내 세미나가 있는 철원 땅을 밟았다.

박양근 교수의 '젊은 독자와 수필적 공유를 위한 방안'에서는 현실적인 디지털시대의 젊은 독자와 소통을 위해서는 잘 읽을 수 있는, 잘 읽힐 수 있는 가볍고 재미있고 도움이 되는 수필이 세대를 가르는 수필로 진화되어야 한다고 주장했다.

김지헌 교수의 '세대 차 해소를 위한 수필 쓰기의 방법적 접근과 방안'에서는 감수성의 공유, 사적인 영역에 관심을 보이고, 정서적 만족감을 매우 중요시하며, 현실을 벗어난 산뜻한 상상력, 가벼운 휴식, 오락을 즐기며 그 속에서 삶의 만족도를 높이고 긍정적이고 희망적인 언어만 사용해도 수필의 격은 달라진다고 한다.

　홍억선 교수의 '수필의 세대 확산을 위한 몇 가지 제언'에서는 재미있는 수필, 서로 소통하는 수필, 문학성 있게 젊은이가 공감하는 글이 필요하다고 한다.

　심포지엄을 마치고 병영체험수련장에서의 밤은 적막하고 고요했다. 이 아름다운 땅이 핏빛으로 물든 동족상쟁의 터였다는 것이 믿어지지 않았을 만큼 푸르게 우거진 산이 산을 품고 있었다.

　당당하여라, 용감하여라, 통일을 서두르기보다 좀 더 현실적인 사고로 이 아름다운 조국의 땅을 지켜나가거라. 쉼 없이 속삭이는 소리가 귓가에 들린다.

　다음날 분단의 역사를 지니고 숱한 사연을 간직한 철원읍 한탄강 협곡에 위치한 남부와 북부지역으로 연결하는 중요한 지점에 놓인 승일교를 찾았다. 예전에 얕은 여울에 돌다리를 놓아 사용하다가 수위가 높아지면 목선을 이용하던 곳이다. 군사적 목적으로 6·25동란까지 2개의 교각을 세워 북쪽 부분을 완성했는데, 1954년 수복 후 국군이 임시 가교인 목조 다리를 놓아 통행하다가 우리 정부에 의해 1958년 12월 철근콘크리트로 완성하여 분단의 역사를 고스란히 간직한 다리다. 전쟁으로 인해 남북이 시차를 두고 남북 공동 작업에 의해 완성되었으니 남북의 두 가지 공법으로 완성된 다리이다. 젊은이들이 한탄강에서 리프팅을 즐기는 활기찬 모습이 왠지 낯설다.

백마고지는 심한 포격으로 변모하여 산 능선이 흡사 백마가 누워있는 모습과 비슷해서 백마고지라고 부르는 땅이다.

상승각에서 바라보는 비운의 땅은 시간도 멈추어 버리고 바람도 숨을 죽이며 여름이 잠들어 있다. 가슴 뭉클한 회한이 발등을 무겁게 짓누른다.

공격과 후퇴를 반복하며 수많은 포탄을 퍼부어 잿빛 구름이 그 언제 산을 뒤덮었었냐고 푸른 산이 우리에게 되묻는다.

어디선가 금방이라도 방아쇠를 당기며 달려들 것 같은 착각은 아마도 지난 전쟁의 처참함 때문일 것이다. 불과 395m밖에 되지 않은 고지에서 10일 주야로 반복되는 전투에서 275,000여 발의 포탄이 쏟아졌다니 세계 전쟁 중 가장 처절한 포격전이 벌어졌던 곳이다. 그것은 상상을 초월한 전투로 기록된 우리의 영원한 아픔이다.

한 줌의 성한 흙이 없고 한 덩어리 웅근 바위가 없이
그토록 처절했던 포성과 포연 속에 쓰러진 젊은 혼들이
오히려 조국의 평화와 번영을 위해 울려 하나니
아 거룩하여라! 아름다워라!

이은상 님의 추모 시를 가슴에 새기고 올라온 산마루에서 안내 병사의 백마 전투에 대한 설명은 눈물이 저절로 흐르게 했다. 같은 민족이면서 총부리를 마주하고 싸워야 했던 비극이 아직도 그대로 남아 있다.

산을 헤치고 산을 부수며 달려오는 적들을 막았을 것이며
쓰러지며 죽으면서도 다시 일어나 숨을 돌리고 숨지려는 조
국을 살렸노라.

모윤숙 님의 외침이 귓가에 맴돌며 가슴이 미어지는 아픔을 느낀다.
조국을 위해 목숨 바쳐 싸웠던 영혼들을 품은 산이 산을 품고 고요히 초여름 햇살 속에 소리 없는 통곡을 하고 있었다.

상기네 아줌마

먼지가 풀풀 날리는 골목 사이로 초가지붕이 이마를 맞대고 있다.

키다리 코스모스가 산들거리기 시작하면 울타리 위에 앉아 있던 고추잠자리가 가볍게 낮은 비행을 시작한다. 서산 밑으로 붉은 노을이 숨고 굴뚝에서 나오는 보라색 연기는 솔가지 타는 냄새를 온 마을에 퍼트렸다. 이후 이집 저집 새하얀 창호지 창살 사이로 호롱 불빛이 새어 나오면 상기네 가겟방에는 밤마실 나온 동네 아낙들과 꼬마들로 가득했다.

상기네는 우리 동네에 있는 유일한 구멍가게이다.

상기 엄마가 일찍 남편과 사별을 한 후 혼자서 구멍가게를 하며 자식들을 키우고 있었는데 망부의 외로움 탓인지 상기 엄마는 말로 풀고 사는 것 같았다. 하여 일명 동네 이야기 아줌마였다. 따스하게 군불을 지핀 방에 토끼 눈을 하고 모여든 아이들을 위해 전설과 동화 보따리를 풀어놓으면 그날 밤은 왜 그리도 짧던지….

음침한 뒷간의 달걀귀신 이야기를 들을 때면 온몸에 소름이 돋았고, 호랑이를 속여 먹은 꾀쟁이 토끼 이야기는 흥미로웠다. 방귀쟁이 새색시 이야기를 들으면서 방귀 소리에 놀라 문고리를 잡고 떨고 있는 시어머니와 지붕 위에 올라가 앉은 시아버지의 모습을 상상하며 깔깔거리던 시절이 있었다.

낡은 속곳을 걷어 올리고 무릎이 반들거릴 정도로 침을 발라 모시를 가르던 어른들 옆에서 십리사탕을 우물거리며 옛날이야기를 듣던 친구들은 모두 지금 어디서 어떻게 살고들 있을까….

시골의 마실은 아이들에게는 호기심과 꿈을 키우는 놀이터였으며, 어른들에게는 담소로 떠들며 하루의 피로를 푸는 휴식의 장소였다. 이웃 간에 정을 나누고 삶의 지혜를 얻는 장소이기도 하고 가부장적 삶에 찌든 여인들이 단체로 남편 흉을 보며 한풀이하는 장소가 되기도 했다. 동네의 온갖 소문은 모두 마실에 모인 사람들의 입에서 나온다. 해서 정보에 궁하고 어두웠던 시절의 마실은 소통과 친교의 장소라고 해도 과언이 아니다.

지금도 가끔씩 어린 시절 상기네 아줌마 기억은 어린 시절로 시곗바늘을 돌려놓는다.

하얀 엿가락을 뚝 잘라 확 불어 엿치기를 하며 상기네 아줌마가 들려주던 "옛날 옛적에…."

이제는 시골 마을도 작은 가게는 다 사라지고 마트와 슈퍼가

즐비하다. 가게가 있다손 치더라도 가겟방을 동네 마실 방으로 개방할 수 있는 환경이 아니다. 그 옛날에도 인심 좋은 상기 엄마 덕분에 고향 마을에 마실 문화가 존재했을 것이다.

후덕하고 고마운 상기네 아줌마!

송편 만들기

손바닥으로 굴리고 굴려 새알을 빚더니
손가락 끝으로 낱낱이 조개 입술을 붙이네.
......

- 김 삿갓 -

　추석 명절이다. 채반에 놓여있는 색색의 예쁜 송편을 바라보며 어린 새댁의 생전 처음 송편 만들기 도전이 얼마나 무모했던가를 생각하면 지금도 가슴이 떨린다. 그것이 내 명절 시집살이의 첫 경험이자 순둥이처럼 울지 않던 내 아들이 원망스러웠던 날이기도 하다. 40년이 훌쩍 지났건만 해마다 추석이 되면 그날의 기억 때문에 송편 맛을 모르겠다.

　객지 생활이 조금씩 지쳐 갈 무렵 평생을 아끼고 나만 사랑해주겠다는 달콤한 유혹에 빠져 결혼의 의미도 헤아리기 전에 덥석 한 남자의 품속으로 들어갔다. 여섯 남매의 막내며느리라는 자리는 어른들에게 사랑만 받고 살아도 되는 충분한 조건인 줄 알고 결혼을 했다. 철없는 나는 결혼을 사랑과 행복만 존재하는 안식처일 것이라고 믿었었다.

큰형님 댁이 시골에서 서울로 이사를 해서 작은 가게를 운영하고 있었다. 첫 아이를 낳아 9개월쯤 되었을 때 추석 명절이 왔다.

어린 아들을 업고 덜컹거리는 버스를 타고 큰댁으로 명절 준비를 하러 갔다. 반겨주시며 어린 아들을 예뻐해 주시는 형님이 한없이 고마웠다.

형님은 아이를 덥석 업더니 가게로 나가며 내게 송편을 만들라고 했다.

친정에서는 울타리 하나 사이로 큰집과 함께 살아서 모든 명절과 큰일은 큰어머니가 주관하셨다. 나이 차이가 많은 사촌 언니들 덕분에 송편을 만들어 볼 기회가 없었고 곁에서 먹기만 하면 되었다. 언니들 옆에서 동글게 새알을 만들어 놓으면 새알로 언니들은 예쁜 반달 모양의 송편을 예쁘게 빚었다. 주렁주렁 익어 가는 붉은 감이 달빛 창가에서 흔들리고 댓돌 아래 귀뚜라미가 노래를 부를 때까지 우리 자매들은 도란도란 이야기를 나누며 빚은 송편들을 둥근 채반에 늘어놓았다.

형님은 쌀가루를 빻아 놓았으니 가루에 따뜻한 물로 익반죽을 하여 반대기를 빚어 가루와 함께 송편을 만들라고 했다. 반대기는 가루를 반죽하여 덩어리를 납작하게 만드는 것이고, 익반죽은 반대기를 끓는 물에 튀겨서 생 가루와 함께 반죽하는 것이다.

아이를 업고 가게로 나간 형님은 집에 들어오지를 않았다.
쌀가루를 주물러 보들보들하게 반죽을 해놓고, 수돗가에 있는 녹두를 여러 번 헹구어 계피를 내고 노르스름한 속살만 남았을 때쯤 내 몸은 천근만근이 되었다. 다락방에 있는 채반을 찾아 송편을 만드는 것은 내게 너무 힘든 일이지만, 형님께 도와 달라고 부탁조차 할 용기도 없었다.
처음 서투른 솜씨로 송편을 열심히 만드는데 양쪽 겨드랑이가 뻐근하게 첫 몸살의 통증이 심하게 오기 시작했다. 수유할 시간이 지난 젖가슴이 불어서 돌덩이처럼 단단해지고 그 통증은 점점 더 심했다. 젖을 달라고 울지도 않는 아이가 그토록 원망스럽기까지 하여 눈시울이 뜨거워지고 가슴이 답답하기 시작했다.
"아가야! 왜 울지도 않고 큰엄마 등에서 잠만 자고 있니?"
글썽이는 눈물을 감추며 송편을 만들고 있는데 지나가던 동네 아주머니가 어린 새댁이 혼자서 송편을 만드는 것이 딱하다며 함께 거들어 주시는데 친정 식구를 만난 듯 얼마나 고마웠던지….

햇살이 얼굴을 감추고 전등불이 하나둘 눈을 뜨기 시작할 때 시루 번을 바르고 시루 안에 있는 채반에 솔잎과 송편을 번갈아 올리며 찌기 시작했다. 저녁 준비를 하려고 들어온 형님은 그제 야 아이를 내게 안겨줬다. 아이가 허겁지겁 아픈 엄마의 젖을 빨기 시작하자 내 눈물방울이 아이의 얼굴에 떨어졌다. 저녁을 먹고 가라는 형님 말이 귀에 들어오지 않았다. 택시비가 아까운 줄도 모르고 집으로 오면서 얼마나 울었던지….

기사 아저씨가 누가 돌아가셨느냐고 물었다.

방실거리는 아이를 품에 안고 철없는 나이에 시작한 결혼의 지독한 대가를 치른다는 푸념이 저절로 나왔다. 다음 날도 밤잠 을 설치고 새벽부터 일어나 서둘러 큰댁으로 가서 차례를 모셔 야 했다.

그때 나를 위해 울어 주지 않던 아들이 40 고개를 넘어 아기 아빠가 되었고 구순이 넘은 큰형님은 병상에 누워 내일을 기약 할 수 없는 나날을 보내고 있다.

- 송편 만들기
★ 멥쌀가루를 익반죽하고 풋콩이나 깨, 밤, 녹두 등 소를 넣어 반달 모양으로 빚어서 시루에 솔잎을 켜켜 놓고 찐 떡이 송편이 다. 추석에 햅쌀과 햇곡식으로 한해의 수확을 감사하며 조상의

차례상에 올리는 명절 떡이며 솔잎과 함께 쪄내기 때문에 송병
松餅 또는 송엽병松葉餅이라고도 한다.-

　가을 달빛이 가장 좋은 명절에 둥근 송편이 아닌 반달 모양의
송편을 먹는 이유는, 보름달은 곧 기울지만, 반달은 조금씩 차오
르면서 보름달이 되므로 희망과 성장을 상징하기 때문이라 한
다. 우리 민족은 소박한 소망들을 소(고명)와 함께 정성스럽게 송
편에 담아 수학의 기쁨을 추석 차례상에 올린다. 항균 효과가
있는 솔잎을 깔고 익혀 은은한 향내가 나는 떡에 고소한 참기름
을 바른 송편은 맛과 시각을 충분히 만족시켜주는 고유의 명절
음식이다.

인생의 봄날

  봄, 여름, 가을, 겨울 자연의 법칙이 있듯이 인간에게도 생로병사生老病死가 있다. 많은 이들은 풍요로운 가을과 눈 덮인 산하의 겨울을 좋아하지만, 막상 인생의 가을과 겨울이 오면 달가워하지 않는 것 같다.

  그녀의 변모에 놀라 모두 허공을 보며 웃었다. 몇 년쯤 젊어져보이는 것은 물론, 어딘지 모르게 예뻐져 있기 때문이다. 그녀가 눈 밑에 지방을 제거하고, 늘어진 눈꺼풀을 올리고, 주름살을 줄이는 수술을 받았다는 고백에 친구들이 박수를 보냈다. 대부분 손뼉을 치며 응원했지만 나는 박수를 보낼지언정 성형을 할 용기가 없음을 고백한다.

  사람은 가지면 가질수록 더 갖고 싶고, 잘나면 잘날수록 더 잘 나고 싶은가 보다. 오히려 미모에 자신이 있는 이들이 더 아름다워지기 위해 방법을 가리지 않는다. 사람이 더 세련되고 아름다운 모습으로 변하고 싶은 것은 당연한 일이다. 쌍꺼풀 수술

하나로도 부끄러워했던 때가 엊그제인데, 요즘은 아름다워지기 위해서는 어떤 성형수술도 감내堪耐할 수 있다고 서슴없이 말하고 스스로 고쳤다고 당당히 말하는 시대다. 그것도 다 능력이라면서….

눈가의 주름, 듬성듬성 난 흰 머리카락에서 느끼는 중후한 멋과 여유보다는 나이가 들어도 젊고 아름답기를 원하는 것이 지금 우리가 살아가는 세상의 현상이다.

노화를 지우는 방법으로 사람들이 관심을 두는 보톡스 주사는 운동신경과 근육이 만나는 곳에 투약하므로 신경전달물질인 아세틸콜린의 분비를 막아준다고 한다. 이 물질은 일시적으로 근육을 마비시켜 주름살을 펴주는 효과가 있다. 시술을 한 사람은 이 효과 덕으로 젊어진 모습에서 인생의 봄날이 온 듯 자신감을 얻기도 한단다. 유행 따라 성형을 하는 것도 개인의 선택이겠지만 고작 6개월이면 다시 본래의 모습이 된다니 자연을 거스르며 시술 효과가 지속적이지는 않은 모양이다.

레오나르도 다빈치의 불후 명작 '최후의 만찬'에 모델이 된 삐에트로 반디렐리는 청년 성가대 시절에 예수의 모델이었지만 10년 세월이 흐른 뒤에는 뒷골목의 더러운 거지로 변해 유다의 모델이 되었다. 한 얼굴을 가지고 예수와 유다의 두 삶을 살았다는 것은 어떻게 사느냐에 따라 모습은 얼마든지 변할 수 있다는 것을 알려주는 이야기이다. 성형이나 화장으로 겉모습을 아름답게 꾸밀 수는 있지만, 그것으로 내면까지 바꿀 수는 없으니 문제다.

영원한 인생의 꽃 피는 봄날을 추구하던 성형미인 그녀 역시 얼마 지나지 않아 우리와 함께 만추에 길에 들어서고 있다.

인생의 봄날은 외모에서 오지 않고 내면의 깊은 심연에 물이 맑아야 지속될 것이다.

그 남자의 이야기

갈대 사이로 남자의 뒷모습이 가물가물하다.

그의 무거운 어깨와 등이 노을을 지고 걸어간다.

언제부터였는지 당당하고 거만하기까지 하던 남자 모습은 사라지고 무거운 걸음에 상처와 흔적이 덕지덕지 묻어있다.

무엇이 그 남자를 그렇게 만들었을까?!

외롭다고 했던가. 모든 것이 시시하고 귀찮다고 했던가. 쉬지 않고 노력하며 열심히 살아온 그의 세월이 눈물을 흘리는 것 같다.

남자는 아내와 자식을 위해 금 같은 시간을 빼앗기지 않으려고 숨 가쁘게 뛰었던 대기업의 사장이었다. 열심히 산 대가로 너무 빨리 부와 출세의 길에 올라 남보다 조금 일찍 일을 놓았다. 해서 다소 세상과 타협할 줄 모르는 고집을 가진 가장이었다. 가정의 행복을 위해 뛰었고, 국가의 경제 발전과 국제적 경쟁력을 위해 국내는 물론 해외까지 뛰어다니며 열심히 살았다.

가족의 울타리가 되기 위해 긴장을 풀지 않고 구두쇠 인생을 살았지만, 그의 노력은 그 누구에게 보상받기 위해서가 아니었다. 단지 노년의 길목에서 궂은일 함께 걱정하고, 좋은 일과 기쁨을 서로 나누며 마음이 따뜻해지는 가정의 가족 되고 싶었다는 한 남자의 이야기다. 그는 세월이 바뀌어도 안정된 가정과 가족은 그대로 영원히 곁에 있을 줄 알았다고 한다.

　서로가 소통되지 않는 삶, 합의점을 찾지 못하고 살아온 40년의 세월은 그에게 허탈감만 안겨 준듯하다. 엄마와 잘 통하는 딸들이 아빠와 점점 멀어지는 것을 느끼자 문득 홀로 남겨진다는 것이 안타깝다 못해 두렵다고 한다. 용기를 내어 닫혀있는 가슴을 열고 외롭고 섭섭했던 일을 말하면, 다정한 위로와 눈빛으로 보듬어 주기는커녕 냉정한 아내의 말과 태도에 말문이 막힌다는 것이다.

　말하는 사람이 전달하고자 하는 내용을, 듣는 사람이 정확히 알아들을 수 있는 양은 50%에 불과하다고 한다. 제 의견을 전달하기도 쉽지 않은데, 듣기만 하는 것으로 이해하고 수용하고 소통할 수 있다는 것은 더 어려운 문제다. 나무만 보고 숲은 볼 사이도 없이 바쁜 여정으로 그 부부는 서로 다른 길을 걸으며 두 사람은 각자 자신만 생각하며 여기까지 온 것 같다. 자기 일에 최선을 다하는 것만이 삶의 전부인 것처럼.

교직에서 정년퇴임을 하고 다시 사업가로 제2의 인생을 설계하면서 씩씩하게 살아가는 아내의 끝없는 열정과 욕망에 그 남자는 두려움마저 느낀다고 한다. 무엇이든 해야만 자신의 존재감을 갖는 아내의 거침없는 삶이 이 남자를 질리게 만들고 아내의 끝을 모르는 에너지는 때로 허탈과 상실감을 안겨준다고 한다. 서로 엇갈린 길을 돌아볼 사이도 없이 멀리 와버렸다는 남자의 고백은 아내의 삶에서 상처를 입었다는 증거일 것이다.

　남자는 사람이 그립다고 한다. 그의 곁을 서성이는 사람이 많을수록 외로움은 그를 더 괴롭히고 가족의 그리움 더 진해진다고 한다. 모두가 줄기차게 달려가고 있는 시간 속에서 혼자만 추수가 끝난 들녘의 허수아비처럼 공허한 모습이라는 생각이 든다고 하니 참 애처롭다.

　남에게 들키지 않으려고 초라해져 가는 모습을 감추고, 자신감 있는 당당함으로 치장을 해보지만 감출수록 외로움이 더 드러나는 것 같다. 아내에게 의미 있는 사람, 마음 깊은 곳에 길동무 되고, 위로받고 싶고, 외로움에서 벗어나고 싶다는 남자의 아픈 이야기. 너무나 멀리 가버린 아내는 잔인하도록 냉정한 생활인이 되어 남편에게 도무지 관심이 없는 타인이 된 지 오래다. 그러나 아직 인생의 막이 다 내려오지 않았으니 기대를 해본다.

　다시 한마음으로 서로를 격려하면서 자존감을 세워주고 서로의 버팀목이 되어 살아갈 수 있다고….

부부의 인연은 즐거울 때나 슬플 때나, 건강할 때나, 병들었을 때나 서로 의지하며 한 곳을 향해 같이 걸어가야 한다. 또 하늘의 별은 못 되더라도 따뜻한 눈빛으로 상대의 행복을 위해 최선을 다하는 것이 부부 존재의 이유일 것이다.

붉게 물들어가는 노을에 가을 들녘의 억새가 황금빛이다.

소멸해 가는 시간 속에서 아직도 가장의 꿈을 잡고 몸부림치는 그 남자, 어두운 그의 삶의 그늘이 밝은 양지가 되기를….

잠 못 이루는 밤

"여기 안양입니다. 방배동이죠?"

조금은 생소한 남자의 굵은 음성이 수화기 너머로 들려온다. 약간의 의문스러움으로 더듬더듬

"네, 맞는데요."

짤막하게 대답을 했다.

"윤정이 아빠예요."

순간 불길함이 머리를 스쳤다.

"윤정이 엄마가 세상을 떠났어요."라는 말이 들려왔다.

그 뒤 내가 무슨 말을 했는지 그쪽에서 어떤 이야기를 했는지 캄캄하다.

어리둥절한 동안 벌써 장례를 치렀고. 전화했는데 받지를 않았다 한다. 가끔씩 연락하고 지내기에 알려는 드려야 할 것 같아 전화했다고 한다.

"죄송합니다. 집이 비어있었어요. 죄송합니다."

미안하다는 말 외에 나는 아무 말도 할 수가 없었다.

형님과 정을 나누며 살았던 세월이 삼십 년을 훌쩍 넘었다. 결혼 생활 십 년이 넘어서 처음 내 집을 마련하여 갈현동으로 이사를 하였을 때다. 낯 가림이 심한 나는 새로운 동네에 적응하기가 쉽지 않았다. 더욱이 이사한 지 열흘도 되기 전에 시부모님이 상경하여 계셨기 때문에 외출도 쉽지 않았다.

　연년생 아들을 키우며 시부모님을 함께 모시다 보니 잠을 이룰 수 없는 밤이 많아지기 시작했다. 지쳐있는 나를 그 형님은 따뜻한 위로와 밝은 웃음으로 보살펴 주셨다. 내게 모든 것을 벗어 버리고 바람 한번 나보자고 한 것은 형님이었다. 이때 시작한 것이 분재를 배우는 것이었다.

　분재는 작은 분 안에 자연을 아름답게 축소 연출하여 생명을 불어넣는 작업이다. 분재를 배우는 동안 산으로 들로 산야초를 찾아 형님과 함께했던 시간은 내 생에 가장 자유스러웠던 순간들이다.

　그때 우리 집 앞마당 잔디밭 모서리에는 올망졸망 분재가 키재기를 하고, 커다란 붉은 영산홍은 장독대를 지키고, 담장에는 분홍빛 넝쿨장미가 흐드러지게 피어 있었다. 계절마다 색다른 꽃들이 피어나면 형님과 나는 서로의 꽃 자랑에 웃음이 오고 갔다.

　정이 많은 형님댁에는 도우미 아줌마가 있어서 특별한 점심을 자주 대접받았다. 내가 의지하고 따르던 형님이 먼저 안양으로 이사를 했고 좀 뒤에 나도 방배동으로 이사를 하자 소원해졌다.

멀어진 거리 탓인지 전처럼 자주 만나지는 못하지만, 마음은 늘 가까이 지냈다. 형님은 우리 아이들 혼사에도 불편한 몸을 이끌고 참석을 해 주셨다. 해가 바뀔 때면 틀림없이 전화를 했고, 그때마다 한번 만나자는 약속을 했지만 만남이 그리 쉽지 않았다. 혈압에 당뇨가 심한 형님은 외출이 어려웠고 나 역시 여기저기 불편하다는 핑계로 만나지를 못했다. 안양 근처의 병원에 다니면서 한번 들리겠다고 말하고도 무엇이 그리 바쁜지 그냥 돌아오곤 했다. 얼마 전 전화로 한번 만나자는 약속을 하고서도 실행하지 못했다. 이렇게 작별 인사도 없는 이별을 하게 될 줄 누가 알았겠는가.

이번 연휴에 동생이 자리 잡은 지방에 우리 형제들과 함께 다녀오느라 연락을 받지 못해서 영면 소식은 물론 장례식에도 참석하지 못했다.

남매가 성가成家를 이루는 것도 못 보고 떠났으니 형님은 가는 길이 얼마나 힘들었을까?

인생은 하나를 잃으면 다른 하나를 얻게 되는 것이 세상 이치 같다.

아무 고통 없이 춥다는 말에 남편이 잘 덮어준 이불 속에서 형님은 잠을 자듯 영면에 들었다고 하니 그나마 고통 없는 이별이

유족들에게 위로가 되기를 바라는 마음이다.

　언제까지나 시간이 있을 것이라는 착각 속에 매사를 다음으로 미루다가 이렇게 갑작스러운 이별로 나는 가슴앓이를 하고 있다.

　형님의 황망한 이별 통보는 안타깝고 미안한 마음에 잠 못 드는 밤이 잦아지게 한다.

내가 좋아하는 것들

옹기

옹기는 외향이 아름답거나 고급스럽지는 않지만 단정하고 소박해서 좋다. 언제 어디서 보아도, 투박한 삶 속에 젖어 살아가는 어머니의 모습처럼 포근한 그릇이다. 무엇을 담아도 변하지 않는, 은근한 맛이 오랫동안 유지되는 깊은 맛이 옹기 속에 숨쉬고 있다. 습기를 막아주어 김치나 간장 된장을 보관하는 옹기는 숙성시켜 먹는 우리 식생활에 아주 중요한 그릇이다. 은근과 끈기에 길들여 소박한 정으로 살아가는 삶에 햇살 한 줌 품고 정성 한 아름 담고 장독 위에 옹기종기 모여 있는 옹기는 형제처럼 우애롭다.

기쁨과 애환을 함께하며 모나지 않으며 화려함을 뽐내지 않고 더욱이 건강을 지켜주는 생명의 그릇이기에 더 좋다. 초가집 장독대 위에 각각의 맛을 버무려 가득 담은 장들이 옹기그릇에 하얀 눈을 덮은 채 겨울밤을 지켜주고 있다. 화려하지는 않지만, 우리 생활에 깊숙이 자리 잡은 옹기의 매력은 깊은 맛을 내는 옹기의 마술과 외모에서 풍기는 소박한 멋이 있어 좋다.

민들레

봄은 노랑이다. 여린 몸으로 겨울을 가볍게 벗고 먼저 달려온 노란 민들레가 곱다. 산비탈 길가, 풀밭, 강기슭의 모래땅, 돌 틈 어디에서든 자라는 강인한 꽃이라서 좋아한다. 봄이면 제일 먼저 연한 잎을 부지런히 내밀고 작은 꽃을 피워 우리에게 따사로운 봄을 안겨준다. 도심의 시멘트 사이에서도 애처롭게 몸을 비비고 홀로 피어 생명을 지키는 민들레는 일편단심 꽃이다. 꽃잎이 지고 여물면 솜털이 되어 지구 어디든 홀씨가 되어 날아간다. 민들레는 수줍음이 없이 자신의 얼굴을 어디서나 활짝 내미는 용기가 있다. 우리에게는 건강을 선물하는 식물이기도 하다. 잎은 식용으로 쓰이고, 뿌리는 염증이나 피부질환을 개선하는 효과가 있다.

강인함과는 거리가 멀게 살아온 나에 비해 민들레는 작지만 강하다. 그러나 부드럽고 소박한 모습이 정겹다 못해 사랑스럽기까지 하여 좋은 것이다.

작은 숲길

솔 향기가 풍기는 작은 숲길을 좋아한다. 뭉게구름이 바람을 안고 흘러가고, 새들의 노랫소리가 들리고, 들꽃들이 제멋대로 여기저기서 멋을 부리고 피어 있는 길을 걸을 수 있어서 좋다. 보슬비가 지나가고 나면 뽀얀 햇살이 숲길 사이로 비칠 때 아롱진 이슬방울은 그리움의 무지개로 피어난다. 숲길을 걷다가 파란 하늘을 쳐다보면 삶의 길을 정리하며 살아갈 생활의 지혜를 알려준다. 작은 숲길 여름날 솔 향기와 늦가을 낙엽의 바스락거리는 소리는 그리움과 아픔의 소리이다.

한 번쯤 정다운 이와 걷고 싶은 솔 향기 숲길은 꿈길처럼 평화롭고 아늑해서 좋다.

그림 같은 작은집

그림 같은 작은 집에 병풍처럼 드리운 뒤뜰의 대나무 숲, 사그락거리는 바람 소리에 깊은 밤 단잠이 든다.

골목길 사이로 흐르는 작은 개울에 발을 담그고 한더위에 땀을 씻으며 더위를 날린다. 투박하고 메마른 땅이 생명의 정기를 품었다가 단숨에 토해내는 신비가 숨어 있는 작은 집 마당에서 종달새 노래 들으며 텃밭에 씨앗을 뿌려 초록빛 수채화를 만들고 싶다.

밭에 배추랑 상추가 자라면 친구들을 모아 상추쌈을 싸서 입을 힘껏 벌리며 먹어도 좋은 툇마루가 있는 작은 집.

그곳에서 곡식들이 풍성한 가을 들판을 바라보며 하늘과 땅의 넉넉한 은혜에 고마움을 느끼고 싶다. 하얀 뭉게구름을 바라보

며 여유 있는 표정으로 한 걸음 한 걸음 인생을 정리하며 걸어
가는 삶이 되고 싶다.

　밤에는 창가로 숨어든 달그림자를 밟으며 반짝이는 별을 셀
수 있는 그림 같은 집, 마당가에 흰 백합이 향기를 풍기면 멀리
떨어져 있는 벗들을 불러 소박한 보리밥 한 숟갈 먹으며 세상
돌아가는 사연과 정담을 나눌 수 있는 조용하고 그림 같은 작은
집이 나는 좋다.

이별 앞에서

바람에 날리는 티끌처럼 잠시 이승에서 머물다 떠난다.

인생에서 너희와 좋은 인연으로 만났다가 이제 연을 툭툭 털고 다시 돌아올 수 없는 강을 건너며 마지막 편지를 쓴다.

너희를 자식으로 내게 주신 하느님께 감사하며 너희로 해서 내가 어머니로 한세상 행복하게 살았음을 고백한다. 참으로 너희와의 만남이 소중했기에 내 삶은 기쁨으로 충만했다. 갈림길 앞에서 잠시 멈춰 돌아보는 시간을 가질 수 있는 것도, 힘들고 무거운 짐을 가볍게 내려놓을 수 있는 것도 세상의 모든 생명을 사랑하고 고마워할 수 있었던 것도 다 너희가 내 곁에 있기 때문이다.

인간이란 광야를 헤매는 방랑자라고 하지만 나는 광야를 걸으며 신기하고 아름다운 것을 만났을 때 살아있음을 느꼈고, 그리고 너희들 결혼으로 내 품을 떠나는 행복한 이별도 했고 아들의 아들이 주는 새 생명의 환희는 너희들이 내게 감동으로 준 세상에서 가장 귀한 선물이었다.

내 모두를 다 주어도 부족하고 부족한 내 아들아.

너희와 살아가면서 어미는 세상의 모든 보물이 내게 있는 것처럼 흡족하고 만족했다. 조금 힘들었던 일은 너희가 나이가 들어서 짝을 제때 만나지 않고 뒤로 미루며 혼자 지낼 때였다. 그러나 이제 세상에서 가장 잘 어울리는 짝들을 만나 알콩달콩 살고 있으니 기쁨이 더할 나위 없다.

아빠의 말씀처럼 너희가 맞춤형 배필을 만났으니 인생의 열매가 충분히 열릴 것으로 생각한다. 배필과 자손들을 위해 훌륭한 가정의 튼실한 가장이 되기를 바란다.

이제 모든 시름을 털어버리고 홀가분한 마음으로 이승과 작별할 수 있을 것 같다. 지난날을 돌아보면 너희들에게 정신적, 물질적으로 풍요로운 삶을 살아갈 수 있게 많이 도와주지 못해 내 마음이 아프다. 그러나 부모와 자식의 인연은 하늘의 숙명으로 만난 것이니 누구를 탓하고 누구를 원망할 수 있는 것은 아닌 것 같다. 혹시라도 어미가 알게 모르게 너희에게 상처를 준 일이 있다면 미안하다. 나도 좋은 부모가 되고 싶었고 자랑스러운 부모가 되고 싶어 나름 노력했지만, 세상일이 마음먹은 대로 되지 않더구나. 내가 떠난 후에 많이 울지 마라. 엄마가 없어도 가족들과 서로 사랑하며 행복을 만들고 매일 매일을 즐기며 살거라.

세상의 순리를 거역하며 사는 일이 없었으면 한다. 필요 이상의 재물이나 명예에 목을 매는 사람이 되지 말아라.

아내도 자식도 네 몸과 같이 사랑을 하렴.

아내는 오직 너와 살기 위해 세상에 태어난 너의 분신이기에 아내의 고통은 바로 네 고통과 같음을 명심하기를 바란다. 이 세상에서 가장 가까운 사람은 형제이니 그 가까운 사람과 소원해서는 안 된다. 부모가 세상을 떠나고 나면 달랑 너희 형제뿐임을 기억해서 힘들 때는 서로 도와주고, 기쁨이 있을 때는 함께 기뻐하고, 슬픔이 있을 때는 서로 위로해 주는 우애의 형제가 되기를 바란다.

너희는 현명賢明하고 건강하니 잘 살아갈 것이라는 믿음을 안고 떠난다.

마지막으로 너희 아빠를 부탁하마. 조금 까다로운 성격이지만 그래도 정이 많은 사람이니 너희를 힘들게 하지는 않을 것이다. 설사 괴로운 일이 생기더라도 너희를 기르며 수고한 아빠를 잘 보살펴 드리기를 부탁한다.

내가 어느 날 혹시라도 정신 줄을 놓아버리고 다른 세계를 헤매면 서로를 위해 요양시설로 보내주기를 부탁한다. 마지막 가는 길에 너희들의 짐이 되고 싶지 않구나. 혹시 의식을 잃어 심폐소생술이 필요하다면 절대로 적극적인 생명 연장치료는 하지 마라. 스스로 먹거나 마실 수 없는데 억지로 음식을 내 입에 넣지 말아다오. 갈 때가 되면 가야 하는 것이 목숨이니 내가 조금이라도 고통에서 빨리 벗어날 수 있는 방법을 찾아다오. 절대로 산소호흡기는 쓰지 말고, 화장을 하되 봉안당에도 두지 말고 홀홀 강에 뿌려다오. 죽은 육신은 마음대로 머리 손질 하나 할 수 없으니 산발하고 초라한 모습으로 무덤에 누워있고 싶지 않으니 넓은 세상을 훨훨 자유롭게 다닐 수 있도록 자연으로 보내주렴.

죽음도 세상에 태어날 때처럼 축복이었으면 좋겠다. 나의 마지막 소망은 나로 해서 너희가 힘들거나 괴로워하지 않고 편안한 마음으로 나를 보내주는 것이다.

먼 훗날 나를 기억하는 사람들이 많이 사랑하며 살았다고 하는 한마디 해주었으면 하는 욕심 하나를 남기고 떠나고 싶구나.

내 사랑하는 아들아, 시공간을 초월하여 이 세상의 모든 축복과 은혜가 너희들 가정에 가득가득 차기를 천상에서도 간절히 간절히 기도하마.

너희들을 사랑하는 엄마가….

오솔길 따라 피어나는

김신애 에세이

초판인쇄 2022년 07월 20일
초판발행 2022년 07월 28일

지 은 이 김신애
펴 낸 이 노용제
펴 낸 곳 정은출판

주   소 서울특별시 중구 창경궁로 1길 29 (3F)
전   화 02-2272-9280
팩   스 02-2277-1350
이메일 rossjw@hanmail.net
홈페이지 www.je-books.com
ISBN 978-89-5824-458-5 (03810)

값 13,000원